KB115227

변혁 1998 1권

천지무천 장편 소설

초판 1쇄 찍은 날 § 2020년 2월 25일
초판 1쇄 펴낸 날 § 2020년 3월 3일

지은이 § 천지무천
펴낸이 § 서경석

총괄팀장 § 노종아
편집책임 § 김대용
편집 § 김예슬, 강민구
디자인 § 소소연

펴낸곳 § 도서출판 청어람
등록번호 § 제387-1999-000006호
등록일자 § 1999. 5. 31
어람번호 § 제1-3088호

주소 § 경기도 부천시 부일로 483번길 40 서경B/D 3F (우) 14640
전화 § 032-656-4452 팩스 § 032-656-4453
http://www.chungeoram.com
E-mail § chungeorambook@daum.net

ⓒ 천지무천, 2019

ISBN 979-11-04-92149-0 04810
ISBN 979-11-04-92148-3 (세트)

1

천지무천 장편소설

FUSION FANTASTIC STORY

변혁
1998

변혁 2부

청람

변혁
1998

목차

Chapter 1

블랙 프라이데이!

미국에서 추수감사절 다음 날인 금요일로, 1년 중 가장 큰 폭의 세일 시즌이 시작되는 날을 말한다.

이날은 미국 소매업 연간 매출의 20% 이상이 팔릴 정도로 쇼핑 절정기를 이루며, 백화점과 쇼핑센터 앞에서 밤새워 기다리는 사람들을 흔히 볼 수 있다.

사람들이 즐거움에 넘쳐나는 날을 가리키는 단어의 뜻이 바뀌는 날이 온 것이다.

미국 증시의 최악을 가리키기 위해서 말이다.

이튿날 13.7%가 넘게 폭락했던 미국의 증시는 정부의 즉각적인 개입으로 안정세를 취하는 듯 보였지만, 헤지펀드들과 투자은행들의 천문학적인 손실이 알려지면서 이날 16.8%에 달하는 폭락세에 몸서리쳤다.

서킷브레이크가 발동하지 않았다면 1987년 10월 19일 하루 만에 22.6%나 빠졌던 블랙 먼데이가 재현됐을 것이다.

그러나 이번 주 들어서 주가가 30% 넘게 떨어진 것은 블랙 먼데이를 충분히 연상시키는 일이었다.

언론들은 제2의 대공황을 이야기하며 아시아에서 촉발된 경제 위기가 미국을 덮칠 수 있다고 앞다투어 보도했다.

위기가 코앞에 닥쳤다는 언론의 기사는 불안한 심리를 조장했고, 투자 기관을 비롯한 개인 투자자들도 주식을 내던지며 폭락세를 더욱 부추겼다.

미국의 주가 하락은 곧장 유럽과 아시아에도 영향을 주었고, 전 세계 주식시장이 동반 폭락했다.

특히나 경제적인 어려움에 봉착한 스페인과 이탈리아의 하락 폭이 컸고, 아시아에서는 일본을 비롯한 아시아의 네 마리 용이라 불리는 한국, 홍콩, 대만, 싱가포르 그리고 중국의 하락 폭 또한 더욱 두드러졌다.

"미국 증시의 하락 폭이 심상치가 않습니다. 헤지펀드의 손실률이 저희가 예상했던 것보다 심각한 것 같습니다."

"과도한 욕심은 늘 화를 불러오지. 우리가 예측한 하락 폭은 어느 정도였지?"

모스크바 국제금융센터장인 마트베이의 보고에 질문을 던졌다.

"최대 하락 폭을 최고점에서 40%로 잡았습니다. 이대로라면 50%를 넘어설 것 같습니다."

미국의 연방준비은행인 FRB가 발 빠르게 움직이고 있었지만, 헤지펀드와 투자은행들의 손실이 예상치를 웃돌자 충격의 여파가 지속되고 있었다.

'음, 2008년 금융 위기 때 50%까지 빠졌었지……'

2008년 미국 경제가 서브프라임 모기지론 사태로 충격에 휩싸였고, 부동산 거품 붕괴로 파생 상품 시장도 함께 붕괴하며 미국의 월가도 무너질 뻔했다.

"50%를 넘어설 수도 있다는 것을 염두에 두고서 움직이도록 해. 미국이 이대로 무너지지는 않을 테니까."

미국의 증시를 비롯하여 세계 각국의 증시가 떨어질수록 소빈뱅크의 이득은 더욱 늘어나고 있었다.

이미 소빈뱅크는 3천억 달러가 넘어서는 천문학적인 금액을 벌어들였다.

"예, 대비하겠습니다."

마트베이가 대답을 할 때 비서인 제냐가 들어왔다.

전화가 아닌 직접 집무실로 들어오는 것은 중요한 일이 있을 때만이었다.

"뉴욕 연준의 윌리엄 맥도너 총재가 회장님에게 면담을 요청해 왔습니다."

미국 내 12개의 연방준비은행 중에서 가장 큰 영향력을 행사하며 실질적인 FRB(연방준비제도 이사회)를 움직이는 곳이 뉴욕의 연방준비은행이다.

12개의 연방준비은행은 뉴욕, 보스턴, 필라델피아, 시카고, 샌프란시스코, 클리블랜드, 리치먼드, 애틀랜타, 세인트루이스, 미니애폴리스, 캔자스시티, 댈러스 등에 자리를 잡고 있다.

*   *   *

남의 나라 일처럼 여겼던 경제 위기가 블랙 프라이데이를 통해서 현실처럼 다가오자 미국 재무부와 연방준비은행 관계자들은 토요일과 일요일에도 모여 대책 회의를 열었다.

주가 폭락을 주도하는 것은 헤지펀드들로서, 투자자들의 자금 회수와 빚 독촉으로 인해 자산 매각에 따른 투매성 주식 물량이 줄지 않았다.

여기에 어두운 전망을 쏟아내는 언론 보도와 개인 투자자들의 매도세까지 합세하자 돌아오는 월요일에는 얼마나 주가가 얼마나 더 빠질 것일까가 관심사였다.

"LTCM도 문제지만 퀀텀펀드와 타이거펀드가 이대로 파산하면 월가가 무너집니다."

미국의 최대 헤지펀드인 퀀텀과 2위를 달리는 타이거펀드의 존립 위기는 월가의 금융 시스템을 붕괴시킬 수 있었다.

"두 펀드가 러시아 모라토리엄 선언에 따른 피해도 크지만, 엔화 폭등에 따른 투자 손실액이 알려진 것보다 엄청납니다."

"채권 은행들과 투자은행의 무차별적인 마진 콜을 우선 중단시켜야 합니다."

월가를 대표하는 5대 투자은행인 베어스턴스와 리먼브라더스, 메릴린치, 모건스탠리, 골드만삭스는 돈을 빌려준 헤지펀드들에 마진 콜과 함께 돈을 떼어먹힐 것을 염려하여 직원들을 파견해 거래를 감시했다.

"그러다가는 채권 은행들까지 위험해집니다. 은행들이 망하는 것을 볼 생각입니까?"

"이대로 무차별적인 자산 매각이 발생하면 부동산 폭락으로 인한 연쇄 폭락이 일어날 것입니다. 이건 제2의 대공황의 전초입니다."

회의에 참석한 미국의 10개 연방준비은행장들은 심각한 표정으로 회의를 진행했지만, 원론적인 이야기들뿐이었다.

해결책을 찾아야 했지만, 헤지펀드들의 투자 손실 금액이 예상보다 너무나 컸다.

3시간 가까이 진행된 회의는 잠시 휴식을 하기로 했다.

"후후! 모양새가 우습게도 표도르 강에게 면담을 요청했습니다."

뉴욕 연방의 맥도너 총재는 쓴웃음을 지으며 말했다.

"이번 피해를 만회하지 않으면 정말로 제2의 대공황이 발생할 수 있습니다. 이번 사태로 돈을 벌어들인 은행은 표도르 강의 소빈뱅크뿐입니다."

회의 참석한 JP모건의 더글러스 워너 회장이 답했다.

월가를 대표하는 대형 은행인 JP모건 또한 이번 사태로 큰 피해를 보았다.

"그러니 더욱 놀라울 수밖에 없습니다. 막강한 자금력을 가진 헤지펀드들을 상대로 통화 전쟁에서 승리했으니까요."

BOA(뱅크오브아메리카)의 데이비드 콜터 회장이 말을 이었다.

자리에 함께한 인물들의 이해를 벗어나는 일을 소빈뱅크가 해낸 것이다.

BOA는 올해 네이션스뱅크와 합병해 5천7백억 달러의 자산을 가진 초대형으로 재탄생했다.

이는 시티그룹에 이어 미국 내 두 번째 규모였다.

뱅크오브아메리카는 상대적으로 다른 투자은행들보다 피해가 작았다.

"소빈뱅크는 일본의 움직임을 미리 알고 있었습니다. 혹시 일본 은행과 연관이 되어 있는 것이 아닌지 모르겠습니다."

"일본 은행은 러시아의 모라토리엄에 대응한 것뿐입니다. 일본의 은행들도 모라토리엄에 이어서 엔화 강세로 인해서 상당한 타격을 받았으니까요."

보스턴 연방은행 부총재인 로건의 말에 JP모건의 워너 회장이 답했다.

일본의 은행들과 증권사들은 예상을 뛰어넘은 엔화 강세로 인해 수백억 달러의 손실을 기록했다.

소빈뱅크와 미국의 헤지펀드들의 환율 싸움에 따른 애꿎은 피해자였다.

"하지만 이번 일에 대한 대가를 일본에게서 받아내는 것도 나쁘지 않을 것 같은데요."

뉴욕 연방 총재 맥도너의 말에 함께 커피를 마시던 인물들이 눈이 그에게로 쏠렸다.

*   *   *

IMF를 극복하기 위해 노력 중인 한국도 러시아의 모라토리엄과 급격한 엔화 강세에 따른 충격을 피해 가지 못했다.

　미국 증시 폭락의 여파는 조금씩 되살아나려고 하던 한국의 증시에 찬물을 끼얹는 일이 되었다.

　미국은 아시아 시장에서 다른 국가들에 비해 상대적인 안정성과 함께 금리를 추가로 인하하였다.

　이와 함께 유럽 주요 국가의 동반 금리 인하로 인한 엔고 추세로 인해서 국내 기업들의 수출 경쟁력 회복에 대한 기대감이 커졌다.

　여기에 국내 금리가 한 자릿수로 하락하면서 채권과 비교해 상대적으로 주식 투자에 대한 매력이 커진 점도 호재로 작용했다.

　그러나 소빈뱅크와 미국의 헤지펀드, 그리고 투자은행들이 엔화를 두고 벌인 통화 전쟁의 여파가 전 세계의 증시를 강타한 것이다.

　승자와 패자가 확연히 구별된 이번 투기성 전쟁에서 승리자는 당연히 소빈뱅크였다.

　소빈뱅크와 연계했던 아시아의 투자은행과 유럽의 몇몇 은행들도 적잖은 이익금을 챙겼다.

"음, 이제 좀 살아나나 했더니……."

대산그룹의 이대수 회장은 계열사들의 주가 대부분이 하한 가로 곤두박질하는 것을 보며 말했다.

이대수 회장은 회장실에 놓여 있는 컴퓨터로 대산그룹의 계열사 주식들을 종종 살폈다.

조흥증권과 대신증권이 올해부터 인터넷 증권 거래 서비스를 제공하고 있었다.

다음 달부터는 대산그룹의 계열사인 대산증권도 인터넷 증권 거래 서비스를 시작한다.

"미국과 유럽의 주식시장이 과도하게 폭락했기 때문입니다. 이 여파가 쉽게 가라앉지 않을 것 같습니다."

대산증권의 김정태 사장의 말이다.

그는 인터넷 서비스에 대해 보고를 하기 위해 이대수 회장을 찾았다.

대산그룹은 계열사 정리 작업과 구조 조정을 진행하는 과정에서도 금융 분야를 더욱 강화했다.

"들려오는 이야기로는 미국의 헤지펀드와 대형 투자은행 들이 큰 손실을 보았다고 합니다."

자리를 함께한 정용수 비서실장의 말이었다.

아직은 월가에서 벌어지고 있는 일에 대한 정확한 정보가 한국에 전달되지 않았다.

"러시아 때문인 건가?"

"러시아의 모라토리엄도 문제였지만 지난주에 벌어졌던 엔화의 급격한 상승과 연관되었다는 말이 흘러나오고 있습니다."

"엔고 때문이라고?"

"예, 이틀 동안 150엔대에 머물던 엔화가 102엔까지 순식간에 폭등했습니다."

달러 대비 32%에 달하는 엔화가 절상되었다.

지금은 급격한 상승에 놀란 일본 은행의 개입으로 달러당 120엔대에 머물고 있었다.

"그게 이번 주가 폭락 사태와 연관성이 있다는 말인가?"

이대수 회장은 김정태 대표의 말이 잘 이해가 되지 않은 듯 되물었다.

"손실이 난 헤지펀드 쪽에서 자산 매각을 진행한다는… 자산 매각에는 부동산도 있겠지만, 주식도 포함되어 있어 매도세가 계속 이어지는 것으로 보입니다. 문제는 한국 주식에 투자한 펀드들도 있어서 외국인의 매도세가……."

김정태 대표는 지금 벌어지는 상황을 대략 파악하고 있었다.

"흠, 큰 문제야. 이런 분위기에서는 유상증자를 통해서 투자금을 얻을 수가 없잖아."

대산그룹은 외국인 투자가 늘어나는 분위기에 핵심 계열사들의 유상증자를 계획하고 있었다.

　　IMF 관리 체제 이전부터 강도 높은 구조 조정을 통해서 덩치를 줄이는 대신 차입금 비율을 낮추었다.

　　하지만 다른 기업들처럼 신규 투자를 할 여력 또한 줄어들었다.

　　"증시 폭락의 여파 때문인지 떨어졌던 대출금리도 다시금 들썩거리고 있습니다."

　　시중 은행들도 외국에서 자금을 빌려와야 상황에서 미국과 유럽의 대형 은행들이 자금 관리에 비상이 걸렸기 때문이다.

　　은행 간 콜금리가 급격히 상승하고 있었다.

　　"후! 올해만 어떻게든 넘기면 될 것 같은데……."

　　정용수 비서실장의 말에 이대수 회장은 절로 한숨이 나왔다.

　　대한민국에서 가장 안정적인 기업으로 불렸던 대산그룹도 IMF 외환 위기에 이어서 터진 러시아 모라토리엄 여파에 더욱 흔들리고 있었다.

Chapter 2

대우증권 마포 지점에서 점심을 먹은 두 직원이 휴게실에 앉아 이야기를 나누고 있었다.

"이러다가 미국도 좆 되는 것 아닌지 몰라."

대우증권에서 선물거래를 담당하는 이영철 대리가 지난밤 익명의 인물이 인터넷 주식 투자 카페에 올린 글에 대해 말했다.

"무슨 소리야?"

"어제 글 하나를 읽었는데, 미국의 퀀텀펀드와 타이거펀드가 곧 파산한다는 말이 있더라고."

"하하하! 두 펀드가 파산하는 것보다 우리나라가 파산하는 게 더 빨라. 자산 규모가 얼마인데 파산을 해."

이영철의 말에 동료인 박승태 대리가 크게 웃으며 말했다.

미국의 언론들은 타이거펀드를 운영하던 로버트슨 자살 보도를 심장마비로 정정 보도했다.

심각한 상황에 빠진 헤지펀드에 관련된 기사들도 언론에서 순식간에 사라져 버렸다.

대신 그 자리를 차지한 것은 미국 유명 연예인들의 파혼과 외도와 관련된 기사들이었다.

이와 함께 중동의 레바논과 쿠웨이트에서 갑자기 터진 폭탄 테러를 집중적으로 보도하기 시작했다.

"글 내용을 보니까, 우리와 같은 계통에 있는 인물이 쓴 것 같더라고. 미국에서 헤지펀드와 관련된 기사들을 통제한다는 말도 있고."

"소설을 쓴 거야. 요새 그런 거로 관심을 가지려는 사람들이 한둘이야? 수천억 달러를 굴리는 펀드들이 파산하면 월가도 망해."

인터넷이 서서히 자리 잡으면서 인터넷 검색 서비스 업체의 게시판과 카페들도 활성화되어 가고 있었다.

"하긴, 아무리 투자를 잘못해도 수천억 달러를 날리지는 못할 테니까. 그런데 서울은행을 인수한 소빈뱅크가 외환은행도 인수한다며?"

"확정적이래. 론스타와 모건스탠리가 발을 뺀 것 같더라고."

역사대로라면 텍사스주 댈러스에 본사를 둔 사모펀드 론스타가 외환은행을 인수했다.

폐쇄형 사모펀드인 론스타는 부실채권 정리와 부동산 운용, 그리고 기업 구조 조정 등에 주로 투자한다.

이러한 론스타도 러시아의 모라토리엄 때문에 적잖은 타격을 입었다.

"러시아는 우리보다 경제 사정이 좋지 않다고 하던데. 소빈뱅크는 아닌가 봐?"

"그렇게. 러시아 은행이 우리나라 은행을 인수할 줄 누가 알았겠어. 더구나 소빈뱅크에 대해서는 알려진 게 별로 없잖아."

"러시아가 원래 폐쇄적이잖아. 소빈뱅크가 몇 번 신문에 나온 건 봤지만, 서울 지점이 어디에 있는지도 모른다고. 하여간에 은행들이 외국계 투자 기관에 줄줄이 팔려 나가면 어떻게 되는 거야?"

"그냥 망하는 것보다는 나으니까. 우리도 어떻게 될지 모르잖아."

"후! 하긴 본사에서도 좋지 않은 소리가 나오고 있으니."

두 사람의 말처럼 재계 2위까지 올라갔던 대우그룹도 위태로웠다.

국내는 물론 전 세계의 경제 상황이 예측할 수 없는 상황으로 흘러가고 있었다.

*　　　　*　　　　*

밤을 밝히는 네온사인들로 가득한 마카오의 화려한 카지노 주변이 날카로운 눈매와 인상을 지닌 젊은 사내들로 가득했다.

마카오에서 유명한 리스보아 카지노에서 조방(潮幇)를 이끄는 석웡첸이 목숨을 잃었다.

여기에 대만 계열의 죽련방의 당주인 허쯔웨이도 연달아 피살되었다.

마카오의 밤을 쥐락펴락하는 인물들의 죽음에 경찰을 비롯한 다른 조직들에도 비상이 걸렸다.

"우리가 저지른 일이 아니오. 그럴 만한 이익도 없고."

조방의 경쟁자였던 수방의 보스 장진룽의 말이었다.

장진룽의 앞과 옆으로는 세 명의 사내가 있었다.

"우리도 아닙니다. 두 사람과는 서로 부닥칠 일이 없었습니다."

대만계인 죽련방(竹聯幇)의 당주 천치리가 찻잔을 내려놓으며 말했다.

탁!

"그럼! 이 자리에 참석하지 않은 대원(大圜)과 흑룡(黑龍)이 저지른 일이란 말입니까?"

마카오 조직인 신의안(新義安)의 천쿼홍이 테이블을 치며 말했다.

그는 조방의 석웡첸과 경쟁 관계였지만 친분도 두터웠다.

마카오에 진출한 대원과 흑룡은 중국계 조직이었다.

"사실, 석웡첸은 과도한 욕심을 부렸습니다. 이 자리에 모인 분들도 아시다시피 리스보아 카지노 지분은 조방이 가져갈 것이 아니었습니다."

"석웡첸은 마카오의 이익을 빼앗기지 않으려고 한 것뿐이오."

마카오 토착 폭력 조직인 화안락(和安樂)을 이끄는 왕레이가 담배에 불을 붙이며 말했다.

"후─ 우! 이익을 나눠 가지려고 협정을 맺지 않았습니까? 그 협정을 석웡첸이 깨버렸으니, 공격을 받을 만한 이유는 있었습니다."

담배 연기를 길게 뱉으며 말하는 왕레이의 표정은 다른 인물들과 달리 여유로웠다.

"화안락이 공격을 한 것처럼 들립니다."

왕레이의 말에 천쿼훙의 미간이 좁혀지며 목소리의 톤이 올라갔다.

"하하하! 수십 명의 부하들에게 둘러싸인 석웡쳰을 암살할 인물이 우리에게 없다는 것을 잘 알지 않습니까. 제가 들은 정보로는 암살자가 홍콩에서 건너왔다고 합니다."

"저도 그 정보를 들었습니다. 홍콩의 14K와 연루된 것으로 말입니다."

수방의 장진룽이 왕레이의 말에 동조했다.

"대원과 흑룡은 연관성이 없다는 말입니까?"

"글쎄요. 우선은 이 자리에 모인 우리는 석웡쳰과 허쯔웨이의 죽음과 연관되지 않았다는 것입니다."

황팅푸가 천쿼훙의 말에 답했다.

그의 말처럼 지금 방 안에 있는 인물들은 경쟁 관계이자 협력 관계였다.

중국과 홍콩계 폭력 조직이 마카오를 집중적으로 공략하자 서로 힘을 합하기로 한 것이다.

그 와중에 두 사람이 피살되었다.

"우리처럼 본토와 홍콩이 손을 잡았을 수도 있습니다."

왕레이의 말처럼 마카오와 대만계 조직이 협력 관계에 있었다.

"본격적인 전쟁에 돌입해야 한다는 말입니까? 경찰의 눈이 우리에게 모두 쏠려 있는데 말입니다. 자칫 본토의 공안을 불러들일 수도 있습니다."

포르투갈이 마카오를 반환하는 날이 1999년 12월 20일이었다.

1998년인 지금, 포르투갈은 마카오에서 점차 손을 떼고 있었고 그 공백기를 틈타 중국과 홍콩, 대만, 그리고 동남아시아의 폭력 조직들이 마카오의 이권을 두고 치열한 다툼을 벌이고 있었다.

이러한 치안의 불안을 지켜보던 중국이 본토 공안을 반환 전에 마카오로 보내려는 움직임을 보였지만 포르투갈이 반대했다.

"그렇다고 해도 놈들을 이런 식으로 내버려 두다가는 우리도 위험합니다. 받은 만큼 돌려주어야만 내부가 흔들리지 않습니다."

"대규모 인원을 동원하면 치안 당국을 자극할 수 있습니다. 놈들이 그랬던 것처럼 우리도 뱀의 대가리를 노려야 합니다."

"그럴 만한 히트맨이 없지 않습니까?"

천췬훙이 왕레이의 말에 반문했다.

각 조직에 자체적인 암살자가 있었지만 석윙첸과 허쯔웨이처럼 경호원들에 둘러싸인 상태에서 암살에 성공할 인물은 없었다.

"있습니다. 그는 단신으로 홍콩에서 화합도(和合圖)의 창고 하나를 박살 냈습니다. 그 인물이 찾고 있는 인물을 대신 찾아주면 우리가 원하는 것을……."

"지금 하신 말이 사실입니까?"

왕레이의 말에 수방의 장진룽이 확인하듯 되물었다.

"물론입니다. 화합도의 창고를 지키던 인물에게서 직접 들은 이야기입니다."

"눈으로 보지 못한 이야기는 허황한 것이 많지 않습니까? 총칼을 든 24명을 혼자서 처리했다는 말은 솔직히 믿기 힘든 일입니다."

천쿤훙은 소설 속에나 나오는 이야기에 고개를 가로저으며 말했다.

"하하하! 그러실 줄 알고 이곳에 그 당사자를 모셔왔습니다. 잠시만 기다리십시오."

천쿤훙의 말이 끝나기가 무섭게 큰 웃음을 토해내며 왕레이가 회의실 밖으로 향했다.

그리고 잠시 뒤 홍콩을 떠났던 흑천의 백천결이 왕레이의 안내를 받으며 회의실로 천천히 걸어 들어왔다.

*   *   *

동남아시아에서 시작된 경제 위기가 한국을 거쳐 러시아에 상륙하는 동안 미국과 일본을 비롯한 유럽의 선진국들은 해당 국가들의 처리 방안에 대해 논의했다.

세계 경제를 위한다는 말과 함께 IMF와 세계은행 등 국제기구를 앞세워 지원했지만, 해당국들은 그에 따른 대가를 내어놓아야만 했다.

그러한 대가는 곧 준비되지 않은 경제 개방으로, 그 나라의 경제 주권과 이익을 고스란히 내어주는 일로 이어졌다.

경제 위기 국가들의 알짜배기 기업들과 은행들이 시장에 쏟아져 나왔고, 투자와 지원이란 이름으로 미국을 비롯한 선진국의 기업들에게 헐값에 넘어가는 상황이었다.

하지만 예상치 못한 러시아발 모라토리엄 핵폭탄이 국제금융의 메카인 미국의 월가와 영국의 시티 오브 런던(City of London)을 강타했다.

곧이어 터진 달러와 엔화의 통화 전쟁 패배로 인해 월가와 시티 오브 런던, 그리고 유럽의 금융시장과 주식시장은 아비규환으로 변했다.

"처음 뵙겠습니다. 윌리엄 맥도너라고 합니다."

미국의 연방준비은행을 실질적으로 움직이는 맥도너 뉴욕

연방은행 총재가 모스크바로 날아왔다.

모스크바공항에 도착하자마자 맥도너는 곧장 스베르로 향했다.

미국 연방준비은행을 이끄는 연방준비제도이사회(FRB) 의장인 앨런 그린스펀이 있었지만, 뉴욕 연방은행의 맥도너가 가진 힘은 그를 능가했다.

그는 FRB의 지분을 가장 많이 소유한 킹덤 마스터의 대리인이었다.

어찌 보면 그리스펀은 얼굴마담 역할을 하고 있었다.

세상에 알려진 FRB의 지분은 시티은행 15%, 체이스맨해튼은행 14%, 로스차일드 가문이 이사로 있는 하노버은행 7%, 케미컬은행 8%, 모건신탁이 9%를 차지했다.

하지만 실질적인 지분에 관련된 상황을 정확히 아는 사람은 없었다.

"반갑습니다. 먼 길을 오셨습니다."

먼저 고개를 숙이는 맥도너를 향해 손을 내밀었다.

맥도너는 12개 연방준비은행장과 월가의 대형 사업은행, 그리고 투자은행들과 연달아 회의를 마친 후에 모스크바로 넘어온 것이다.

피곤한 모습이 엿보였지만, 눈빛은 날카롭게 살아 있었다.

"아닙니다. 시간을 내주셔서 정말 감사드립니다."

"자, 편하게 앉아서 이야기를 나누시지요."

딱딱한 회의실이 아닌 업무 중 휴식을 취할 수 있는 전용 휴게실에서 그를 맞이했다.

스베르 건물 맨 꼭대기 층에 위치한 전용 휴게실에서는 모스크바 붉은광장과 크렘린궁이 한눈에 들어왔다.

스베르에서만 볼 수 있는 멋진 풍광이었다.

스베르타운 내에 들어서는 신규 건물들도 이 풍경을 가리지 않게끔 지어졌다.

"참으로 아름다운 모습입니다. 뉴욕의 노을도 아름답지만, 이곳의 저녁노을은 옛 영광의 풍치와 어울려 더욱 멋스러운 것 같습니다."

맥도너는 크렘린궁 위로 펼쳐진 붉은 노을을 바라보며 말했다.

그의 말에는 힘이 빠져 버린 러시아의 현실이 우회적으로 들어 있었다.

"아름다운 모습이지요. 이보다 더욱 아름다운 것은 힘차게 떠오르는 태양이 붉은광장을 비춰줄 때입니다."

"하하하! 그렇습니까. 표도르 강 회장님께서 그리 말씀하시니, 그 모습도 보고 싶습니다."

내 말뜻을 알아들은 맥도너가 크게 웃으며 편안한 소파에 몸을 기대었다.

"미국으로 돌아가시기 전에 꼭 보십시오. 절대 후회하지 않을 것입니다."

"그래야겠습니다. 제가 오늘 회장님을 뵙자고 한 것은 현재 벌어지고 있는 세계적인 경제 위기를 타개하는 방안을 회장님과 함께 추진해 나가고 싶어서입니다."

"경제 위기라면 러시아와 아시아에서 일어난 사태이지, 미국은 이와는 별개가 아닙니까?"

일부러 맥도너가 원하는 대답 대신 질문을 던졌다.

그가 나를 만나고자 하는 확실한 의도를 알아야만 했다.

Chapter 3

　"하하하! 맞는 말씀입니다. 소빈뱅크가 미국의 헤지펀드들을 망쳐놓지 않았다면 말입니다."

　"소빈뱅크는 금융시장에서 통용되는 규칙에 따라 투자를 했을 뿐입니다."

　"물론입니다. 금융시장의 합법적인 참여자들이 벌인 일을 두고 이야기하는 것은 아닙니다. 하지만 패자에게 주어진 결과가 너무나 혹독해서 저희가 감당하기 힘들 정도입니다."

　헤지펀드의 투자 실패로 인해 확인된 손해액만 3천억 달러가 넘어섰다.

거기에 주가 폭락과 선물거래로 인한 2차 피해액이 눈덩이처럼 커지고 있었다.

"하하하! 전 세계 경제를 쥐고 흔드시는 분이 너무 엄살을 부리십니다."

"엄살이 아닙니다. 퀀텀펀드와 타이거펀드, 그리고 롱텀캐피털매니지먼트(LTCM)까지 파산할 수밖에 없는 상황에 놓여 있습니다. 중소펀드는 말할 것도 없습니다. 이 펀드들이 파산한다면 월가를 비롯한 전 세계 증시는 물론 금융시장까지 걷잡을 수 없는 혼란에 빠질 것입니다. 그렇게 된다면 러시아나 한국의 경제 또한 회생할 수 없는 상황이 될 것입니다."

"러시아와 한국을 저와 연관시키시는 이유가 무엇입니까? 저는 이윤을 좇는 사업가지 세계 경제를 걱정하는 정치인이나 관리가 아닙니다. 두 나라의 어려움은 맥도너 총재께서 말씀하신 것처럼 정실 자본주의와 비효율적인 금융체제가 빚어낸 결과일 뿐입니다. 헤지펀드의 문제 또한 저희와는 상관없는 일입니다. 만약 반대로 소빈뱅크가 파산할 위기였다면 이런 말을 나눌 수 있었을까요?"

"하하하! 제가 회장님께 큰 실례를 범한 것 같습니다. 물론 소빈뱅크가 파산한다면 저는 모스크바로 날아오지 않았을 것입니다. 하지만 이번 사태는 미국의 헤지펀드로 끝나는 문제가 아니기 때문입니다. 이 여파로 인해 미국에 있는 룩오일NY와 닉스홀딩스 산하 기업들도 어려움에 빠질 수 있습니다."

"지금 날 협박하는 것입니까?"

"아닙니다, 이렇게라도 회장님의 도움을 받기 위해서 드리는 말씀입니다. 지금 당장 1천억 달러 이상을 동원할 은행이 소빈뱅크뿐이기 때문입니다."

나를 바라보며 말하는 맥도너 총재의 눈빛에는 간절함이 들어 있었다.

거짓으로 말하는 것이 아니었다.

*   *   *

"맥도너가 우리에게 손을 내밀었어. 1천억 달러를 미국 펀드에 투자하라더군."

"펀드에 투자하라는 것은 인수를 이야기한 것입니까?"

소빈뱅크 은행장인 이고르가 놀란 눈으로 물었다.

"타이거펀드를 우리가 가져가길 원하더군."

"타이거의 자산은 반 토막이 났습니다. 1천억 달러는 터무니없는 가격입니다."

모스크바 국제금융센터의 책임자인 마트베이가 흥분하며 말했다.

"물론 1천억 달러는 말도 안 되는 가격이지. 난 펀드 투자를 최소로 하고 은행 인수를 제안했어. 이번에 큰 손해를 입은 베어스턴스나 메릴린치를 두고 말이야. 두 은행 중 하나를 인수한다면 소빈뱅크는 미국에서 확고한 위치에 오를 수가 있을 테니까."

소빈뱅크는 영업 확대를 위해 미국의 상업은행을 인수하려고 했지만, 허가가 나오지 않았다.

하지만 이번 헤지펀드 사태로 인해 헤지펀드에 자금을 빌려준 투자은행들도 위험한 상태였다.

"인수를 허락할까요?"

비서실장인 루슬란이 물었다.

"급한 불을 끄기 위해서는 소빈뱅크가 꼭 필요한 상황이야. 맥도너의 말처럼 퀀텀펀드나 타이거펀드는 물론이고 LTCM까지 파산한다면 돈을 빌려준 투자은행들도 문을 닫아야 하니까. 그건 월가의 근간이 흔들리는 문제이지. 우리뿐만 아니라 미국의 대형 은행들도 동참한다더군."

3천억 달러가 넘어서는 헤지펀드들의 손실금은 도미노처럼 차례대로 대형 투자은행들과 상업은행들을 무너뜨릴 수 있었다.

그 여파는 거기에서 끝나지 않고 실물 자산과 부동산까지 끌어내릴 수 있었다.

주식, 부동산 등 자산 가치의 하락이라는 엄청난 후폭풍으로 인해 미국 내 제조업까지 흔들릴 수 있었다.

"그래도 1천억 달러는 너무 큰 금액입니다."

"미국 내 은행과 기업 인수의 빗장을 풀어준다는 조건을 내세웠어. 그리고 또 하나, 헤지펀드들에 막대한 손실을 안겨다 준 일본 은행의 행동에 대해 대가를 받아낼 거라고 하더군. 1천억 달러의 투자금을 고스란히 일본 쪽에서 받게 해주겠다는 말도 덧붙였지."

"엔화를 공격하겠다는 말이군요."

마트베이는 내 말뜻을 바로 알아챘다.

"1천억 달러의 투자금은 룩오일NY와 닉스홀딩스가 미국의 핵심으로 들어갈 수 있는 자금으로 생각해야 해. 물론 이득이 없는 곳에 투자할 수는 없겠지."

"미국 내 기업 인수에 제한을 두지 않겠다는 것입니까?"

"미국 기업과 동등하게 대해준다는군."

루슬란 비서실장의 말에 대답을 해주었다.

지금까지 미국에서 인수한 기업 중에 첨단 기업이나 금융회사는 없었다.

현재 닉스홀딩스에서 추진 중인 퀄컴의 인수도 답보 상태였다.

미국의 국익에 위협이 되거나 그에 반하는 기업 인수에 대해서는 철저하게 막았다.

"회장께서 말씀하신 대로 대형 투자은행을 인수할 수 있다면 나쁘지 않을 것 같습니다."

뉴욕 지점을 맡고 있는 스콜로프의 말이었다.

"좋아! 그럼 추진해 보자고."

회의실에 모인 소빈뱅크 관계자들은 금융기관 인수에 관심을 두었지만 사실 난 정보 통신 기업과 IT 기업에 마음이 갔다.

돈이 있어도 인수할 수 없는 기업들이었다.

*   *   *

웨스트와 이스트는 미국의 비밀문서인 국가안보결정지침—66과 68을 통해서, 구소련과의 군비 경쟁과 함께 소련이 생존하는 데 결정적인 요소를 공격함으로써 구소련의 경제를 파탄시킨다는 전략을 세웠다.

그중 하나가 구소련 경제의 생명 줄인 석유를 이용한 공격이었다.

소련의 수출 3분의 2가 석유와 그와 관련된 제품들이었다.

레이건 정부 시절 소련의 석유와 천연가스에 대한 의존도가 매우 높다고 분석한 미국은 사우디아라비아와 손을 잡고 이를 공격함으로써, 경제 붕괴를 통한 정치적 분열과 민심 이반을 통해 구소련의 체제 붕괴를 이끌어냈다.

국제 유가가 배럴당 1달러 하락할 때마다 연간 10억 달러 이상의 손실을 소련에 가할 수 있었다.

1986년 10달러 아래로 폭락한 유가로 인해 소련은 해마다 200억 달러에 달하는 손실이 발생했다.

여기에 이스트와 웨스트 산하의 은행들과 함께 소련에 대한 OECD 국가들의 차관 중지가 이루어졌다.

더구나 미국의 금리 인하로 소련이 벌어들인 달러의 실질 구매력까지 하락시켰다.

여기에 군비 경쟁을 촉발한 미국의 스타워즈 계획은 얼마 남지 않은 재원마저 국방비로 소진하게 만들었다.

두 세력과 손을 잡은 미국의 치밀한 전략에 소비에트연방은 무너졌다.

그러나 웨스트와 이스트는 소비에트연방의 분열을 통해서 차지했어야 할 석유와 천연가스를, 표도르 강이라는 돌발 변수로 인해 손에 넣지 못했다.

미국이 가져간 것은 경제적 실익이 아닌 세계 최강이라는 명성뿐이었다.

"놈의 손을 빌릴 수밖에 없다는 것인가?"

"헤지펀드의 손해가 생각 이상으로 막심합니다. 조사된 바로는 4천억 달러에 육박하고 있습니다. 여기에 금융권의 자산 가치 하락에 따른 손해까지 더해지면 1조 달러를 넘어설 수도 있습니다."

60대 중반으로 보이는 사내가 뉴욕 연준의 부총재인 피터 피셔에게 물었다.

"음, 1조 달러라. 쉬운 금액이 아니군. 로열 마스터는 뭐라고 하나?"

"금을 팔겠다고 합니다."

"금이 풀리면 시장은 더욱 혼란스러워져. 아직 드래곤 패밀리의 문제도 해결되지 않은 상황이야."

"지금은 소빈뱅크가 가져간 돈으로 시장을 안정시키는 것이 우선인 것 같습니다. 구제금융을 위해 갑작스러운 금리 인하와 달러 발권을 동원하게 되면 시장의 상황을 저희가 조종하기 힘들어집니다."

"그래, 상황을 있는 그대로 바라봐야 해. 달러 발권은 정치적인 문제야. 머리가 돌아가지 않는 돌대가리들을 설득하는 것도 피곤한 일이고. 계획대로 시장을 움직이기 위해서 달러의 흐름은 지금처럼 진행되어야만 해. 표도르 강에게 시간을 좀 더 주도록 하지. 앞으로 진행할 계획에 희생양도 필요하니까."

"예, 통통하게 살찌운 양을 잡아먹는 것이 더 큰 즐거움을 줄 것입니다."

"로열 마스터에게는 안된 일이지만 동남아와 일본에서의 이
익은 우리가 가져가도록 해. 한국과 러시아는 표도르 강에게
넘겨야 하니까."

동남아시아에서 촉발된 외환 위기는 로열 마스터 산하의
헤지펀드와 웨스트 산하 유럽의 투자은행이 주도한 일이었다.

이익을 좇는 행위에 있어 적도 아군도 없었다.

"말씀대로 진행하겠습니다."

피터 피셔는 미국의 투자은행과 대형 상업은행들의 주도로
헤지펀드의 부실채권 인수를 추진하고 있었다.

  *   *   *

주말이 지나 공포의 블랙 먼데이를 다시금 연상시켰던 뉴욕
의 주식시장에선 장 막판 대형 투자은행과 상업은행들이 헤
지펀드에 대규모 투자를 진행한다는 소식이 전해졌다.

규모가 2천억 달러에 달하는 천문학적인 자금 투자 소식이
었다.

여기에 미국 재무부는 750억 달러의 구제금융이 부실 은행
에 투자될 것이라고 발표했다.

그러자 끝없이 추락할 것 같던 다우지수와 나스닥의 하락

세가 멈추었다.

블룸버그는 러시아의 소빈뱅크가 미국의 베어스턴스를 인수할지 모른다는 소식을 짤막하게 전했다.

베어스턴스는 미국의 8대 금융 그룹 중 하나이자 월가의 5대 투자은행으로 튼튼한 재무구조와 함께 투자은행 순위 5위에 올라선 은행이다.

하지만 러시아 채권 투자 실패와 함께 엔화 폭등에 따른 외화 선물거래의 패착으로 큰 자금 손실을 보았다.

여기에 헤지펀드발 신용위기가 주식시장을 강타하자 유동성 악화로 이어졌고 자금난을 겪게 되었다.

베어스턴스와 거래하던 헤지펀드들에서 자금이 묶인 것도 유동성을 악화시키는 요인이었다.

유동성 위기를 감지한 신용 평가사인 무디스에서 베어스턴스의 채권 상품 신용을 한 단계 낮추자 불안감을 느낀 증권 브로커들은 베어스턴스와 거래를 중단했고, 펀드 투자가들도 하나둘 현금을 인출했다.

베어스턴스의 주식은 다른 투자은행보다 가파른 하락을 연출했고 지난주보다 14달러나 떨어졌다.

주말을 지나 주식시장이 열린 월요일에는 23%가 더 폭락했다.

베어스턴스는 결국 제일, 조흥, 상업, 한일은행 등에 최대 10억 달러를 투자하기로 했던 투자 계획을 철회했다.

지금이 한국 금융 산업에 뛰어들 적기라고 판단했던 베어스턴스는 그레그 헨리 금융총괄사장을 비롯한 핵심 중역들과 함께 실제 투자 실무를 처리할 변호사와 회계사를 한국에 파견했었다.

이들은 국내 금융기관들과 베어스턴스 홍콩 사무소를 통해 투자 협의를 벌여왔다.

그러나 베어스턴스 자체가 흔들리자 투자가 백지화된 것이다.

더구나 한국 금융기관에 대한 투자가 뉴욕 월가에서는 부실 금융기관에 투자하는 것으로 비쳐져 베어스턴스의 주가 폭락에 일조했다.

이로 인해 국내 부실 은행에 대한 처리가 난항을 겪게 되었다.

*   *   *

미국의 투자은행들의 갑작스러운 한국 투자 철회와 관련되어 청와대 경제수석실과 재정경제부, 통상산업부, 한국은행의 핵심 관계자들이 모여 회의를 열었다.

"서울은행과 외환은행은 소빈뱅크가 맡기로 했지만, 나머지 은행들은 어떡해야 할지 모르겠습니다. 베어스턴스를 비롯한 미국의 주요 은행들이 미국 내 헤지펀드 문제로 인해서 국내 투자를 대부분 철회했습니다."

"더구나 무디스가 국가신용 등급을 다시 조정하겠다고 경고를 보냈습니다."

재경부와 한국은행 관계자가 차례대로 우려스러운 말을 뱉었다.

"이것은 우리가 벌인 은행 구조 조정 작업과 다섯 건의 은행 합병을 성사시켰음에도 월가의 시각이 바뀌지 않았다는 이야기입니다."

정부는 대동, 동남, 동화, 경기, 충청은행을 퇴출하여 합병시켰다.

국제 신용 평가사인 무디스는 한국 정부의 구조 조정 노력에도 불구하고 한국의 금융 시스템은 기술적 파산 상태라고 원색적인 평가를 했다.

이것은 곧 한국의 금융 시스템을 무시하는 행위였지만 이러한 형태를 바꿀 방법은 현재로서는 없었다.

"지금은 투자 철회를 한 미국 은행들을 대체할 방법이 없습니다. IMF 관리 체제 아래에서는 공적 자금 투입에도 한계가 있습니다."

"부실 은행 문제를 풀어내지 못하면 정체된 10대 그룹의 빅딜과 구조 조정도 연내에 해결할 수 없습니다."

한국은행과 산업통상부 관계자가 연이어 문제점을 이야기했다.

모든 이야기를 듣고 있는 김기호 청와대 경제수석의 미간이 더욱 깊어졌다.

베어스턴스의 국내 은행들에 대한 투자 설명회에 김기호 경제수석이 특별히 참석했었다.

한국 은행들에 10억 달러라는 큰 금액의 투자는 한국 금융시장에 대한 건전성을 대내외에 천명하는 일이었기 때문이다.

하지만 하루도 지나지 않아 투자 철회를 선언한 베어스턴스 때문에 금융권 투자는 해프닝으로 끝이 났다.

"그럼, 방법이 뭡니까? 문제를 이야기했으면 해결할 방법도 내어놓아야지요."

김기호 경제수석의 말에 회의에 참석한 인물들 모두가 곤욕스러운 표정을 지었다.

지금 당장 뚜렷한 해결 방법이 없기 때문이다.

투자의 주체가 사라진 지금 다시금 투자자를 구해 와야 하는 상황이었다.

미국과 유럽 금융기관들의 적신호가 켜진 지금 대규모 투자를 진행할 수 있는 여건을 가진 나라와 투자처를 찾기 힘들었다.

"현실적으로 지금의 상황에서 수십억 달러의 투자를 진행할 수 있는 곳이 없습니다."

"미국과 유럽의 경제 상황이 돌변한 것이 투자의 걸림돌이 되어서……"

재정경제부와 통상산업부 관계자가 다람쥐 쳇바퀴 도는 이야기만을 꺼냈다.

탁!

"그건 이 자리에 참석한 사람들 모두가 아는 이야기지 않습니까? 난 해결 방안을 듣고 싶은 것입니다."

답답한 마음 때문인지 김기호 경제수석은 회의 탁자를 쳤다.

정부 주도하에 강도 높은 구조 조정을 진행하고 있는 지금, 순조롭게 진행되던 금융권의 구조 조정이 미국의 경제 위기론과 베어스턴스라는 암초에 부닥치고 말았다.

금융권이 정리되어야만 10대 기업들에 대한 빅딜과 구조 조정도 완성할 수 있었다.

"미국의 상황이 여의치 않다면 서울은행과 외환은행의 인수자로 결정된 소빈뱅크에 투자를 부탁하는 것이 어떨지 모르겠습니다."

회의 탁자 말석에 앉은 한국은행 관계자 중 하나가 이야기를 꺼냈다.

"소빈뱅크가 그만한 여력이 있습니까?"

서울은행과 외환은행 인수와 연관되어 8억 달러를 투자했다.

서울은행은 초기 시티은행에서 인수를 추진했지만, 가격이 맞지 않아 소빈뱅크로 넘어갔다.

시티은행은 서울은행에 주당 1원을 제시했고 기존 부채를 떠안는 조건을 받아들였다.

하지만 현재 파악된 부채만 인정하고 또 다른 부실채권이 발견될 때 한국 정부가 인수해야 한다는 단서 조항을 달았다.

문제는 정부가 서울은행에 1조 5천억 원의 재정 지원을 한 상황이라 시티은행의 조건을 받아들일 수 없었다.

소빈뱅크는 3억 2천만 주의 서울은행 주식을 주당 100원에 인수했고, 소액주주 지분 6.25%(1천억 원)를 전량 유상소각 했다.

또한 서울은행에서 진행한 유상소각 조건에 따라 서울은행 부채를 모두 책임지기로 했다.

외환은행도 이와 동일한 조건으로 인수가 결정되었다.

"확실치는 않지만, 이번에 벌어진 사태로 어려워진 미국의 대형 은행 중 하나를 소빈뱅크가 인수한다는 말을 들었습니다. 그게 사실이라면 소빈뱅크만이 한국에 투자할 수 있는 여력을 갖추고 있을 것입니다."

베어스턴스를 시작으로 시티은행, 메릴린치, 리먼브라더스 등 미국계 투자은행들이 줄줄이 한국에 대한 투자를 철회하고 있었다.

"음, 지금은 지푸라기도 잡아야 하는 상황입니다. 제가 직접 소빈뱅크 관계자를 만나보도록 하겠습니다."

김기호 경제수석은 기도하듯이 깍지를 끼며 말했다.

베어스턴스와 미국 은행들의 투자를 기정사실로 받아들였던 김기호는 금융권에 대한 구조 조정을 올해 마무리하겠다고 김대중 대통령에게 보고했다.

이러한 투자가 어그러진 지금 김기호의 속은 타들어갔다.

Chapter 4

　여의도에 우뚝 서 있는 닉스홀딩스 본사에 자리 잡고 있는 소빈뱅크에는 이른 시간부터 관용차를 타고 온 인물들로 북적거렸다.

　평상시에도 대출 업무를 위해서 기업 관계자들로 늘 붐볐다.

　국내 은행들이 꺼리는 대출을 소빈뱅크는 해주었다.

　회사 규모에 상관없이 선도적인 기술을 갖춘 기업이나 장애인과 사회에서 소외된 사람들을 고용한 회사에는 필요한 만큼 대출을 해주었다.

그러나 단지 대기업이라는 이름만 소유한 기업에는 대출을 제한했다.

국내 금융기관들의 구조 조정으로 인해 어수선한 상황에서 국내 은행들은 자격을 갖춘 기업에도 대출을 꺼렸다.

은행들은 살아남기 위해 정치인들을 비롯하여 동원할 수 있는 모든 수단을 통해 로비를 벌이고 있었다.

"저희 은행을 찾아주셔서 감사드립니다. 그레고리라 합니다."

"환영해 주셔서 고맙습니다. 청와대 경제수석 김기호라고 합니다."

서울 지점을 담당하고 있는 그레고리는 여유로운 표정으로 김기호를 맞이했다.

"음료는 무엇으로 드릴까요?"

"커피로 주십시오."

"저도 커피로 하겠습니다."

김기호와 함께 동석한 인물은 한국은행 국제국장인 박민호였다.

박민호 국장은 러시아 모스크바와 미국의 뉴욕, 그리고 영국 런던에 파견되어 근무한 국제통이었다.

그나마 러시아를 경험한 인물이라 박민호를 대동한 것이다.

"갑작스러운 연락을 받고서 모스크바 출장을 내일로 미뤘습니다."

베어스턴스 인수와 미국 헤지펀드의 투자 문제로 각국의 소빈뱅크 책임자들이 소집되었다.

"미안하게 되었습니다. 지점장님께서도 알고 계시는지는 모르겠지만, 베어스턴스를 비롯한 미국의 투자은행들이 국내에 투자하기로 했던……."

김기호 경제수석은 자리에 앉자마자 현재 어려움에 빠진 금융권의 구조 조정에 관해 이야기를 꺼냈다.

은행과 증권회사들에 대한 15억 달러 이상의 투자 건이 날아간 상황이었다.

"흠, 저희도 그 상황에 대해 우려스러운 눈길로 주시하고 있었습니다. 수석님의 말씀처럼 국제적으로 신뢰를 얻고 있는 투자은행들이 보일 행태가 아닙니다. 하지만 문제는 그러한 투자 철회가 갑작스럽게 이루어졌다는 것입니다. 현재 미국의 상황이……."

그레고리는 미국의 현 금융 상황에 대한 이야기를 꺼냈다.

한국 금융 당국이 파악하지 못한 이야기였지만 민감하고 중요한 이야기는 뺐다.

소빈뱅크가 베어스턴스의 인수를 진행하고 있다는 말도 아직은 꺼낼 수 없었다.

"그 정도로 심각한 상황입니까?"

함께 이야기를 듣고 있던 박민호 국장이 다시금 질문했다.

"저희가 파악하고 있는 상황에서는 일반적이지 않다는 것입니다. 연일 폭락하던 미국의 주식시장이 조금 진정되는 모습을 보이고는 있지만, 언제 다시 폭락이 이어진다 해도 이상할 것이 없는 상황입니다. 이러한 상황에서 한국 내 은행들에 대한 투자가 쉽지 않은……."

그레고리는 미국 내 상황을 간략하게 전해주었다.

"음, 무슨 말씀인지 알겠습니다. 우리가 너무 미국에 의존한 것이 아닌가 생각됩니다. 이번 투자가 잘 이루어졌다면 유럽의 은행들도 투자할 의향을 보였던 터라 무척이나 아쉬운 결과입니다."

'후후! 순진한 양반이군. 아직도 그들을 의지하려고 하다니……'

"말씀대로 아쉬운 일입니다. 하지만 지금의 어려움도 금세 지나갈 일일 뿐입니다. 한국은 그만한 저력이 있는 나라이기도 합니다."

"그래서 드리는 말씀인데, 소빈뱅크에서 국내 은행에 투자를 진행해 주시면 어떠하신지요?"

"이미 저희는 서울은행과 외환은행에 투자하지 않았습니까. 두 은행의 합병 작업이 진행되는 상황이고요."

"그 점은 저희도 잘 알고 있습니다. 소빈뱅크의 투자와 신뢰로 인해서 베어스턴스와 미국 투자은행들이 국내 은행들에 투자를 진행하려고 했으니까요."

박민호 국장이 김기호 경제수석을 대신해 말을 이었다.

그의 말처럼 서울은행과 외환은행이 소빈뱅크에게 넘어가자 소빈뱅크를 경계하던 미국 투자은행들이 국내 은행에 투자를 결정했다.

"후—우! 상황이 달라진 지금, 꼬여 버린 실타래를 풀기 위해서는 투자가 절실히 필요한 상황입니다. 만약 소빈뱅크에서 투자를 해주신다면 최대한 소빈뱅크에서 요구하는 모든 조건을 들어드리는 방향으로 일을 진행하겠습니다."

깊은 한숨을 내쉬는 김기호 경제수석은 간절한 표정으로 소빈뱅크의 투자에 관한 이야기를 꺼냈다.

청와대 경제수석실에서 야심 차게 추진했던 국내 은행들에 대한 투자 유치 실패로 인해, 김기호 경제수석은 난처한 입장이 되었다.

올해 미국과 유럽에서 적어도 20억 달러 이상을 유치하려고 했던 것이 실패하고 만 것이다.

"지금 바로 대답할 수 있는 문제는 아닌 것 같습니다."

"물론 충분한 검토가 필요하신 것은 잘 알고 있습니다. 솔직히 말씀드리면 이제 기댈 곳은 소빈뱅크뿐입니다. 일본 쪽도 접촉을 해봤지만, 자신들도 여러 문제로 인해 투자 여력이 없다고 전해왔습니다. 그동안 소빈뱅크에서 보여주었던 신의와 한국에 대한 투자는 늘 감사하게 여기고 있습니다. 이번 투자 건이 이대로 끝난다면 한국의 대외 신인도에서 있어서도 적잖은 악영향을 끼치게 됩니다. 이것은 지금까지 한국 정부가 강력하게 추진하던 종합적인 구조 조정 계획의 첫 단추가 어긋나게 되는 것으로……."

장황하게 말을 하는 김기호 경제수석은 가진 패가 없다는 것을 다 내보이는 이야기를 했다.

그만큼 절실한 상황이라는 것을 말해주는 것이었다.

'하긴, 우리 외에는 투자를 진행할 은행이 없겠지…….'

"무슨 말씀인지 잘 알겠습니다. 모스크바에 도착하면 최대한 한국 정부에 도움이 되는 방향으로 논의를 해보겠습니다."

"하하하! 고마운 말씀입니다. 도움을 주신다면 절대 후회하지 않는 투자가 될 수 있도록 저희도 돕겠습니다."

그레고리의 말에 김기호 경제수석의 표정이 환하게 바뀌며 큰 웃음을 토해냈다.

다른 곳과 달리 조금이라도 긍정적인 반응을 보이는 소빈뱅크에 대한 기대감이 클 수밖에 없었다.

*   *   *

모스크바 스베르타운에 자리 잡은 소빈뱅크에는 전 세계에 퍼져 있는 소빈뱅크 핵심 관계자들이 모였다.

　미국 헤지펀드와의 목숨을 건 싸움에서 승리한 자축의 자리이자 정복자로서 향후 투자 전략을 정하는 자리였다.

　몇 년간에 걸친 헤지펀드와의 싸움에서 소빈뱅크가 무너졌다면 스베르타운은 헤지펀드사에게 넘어갔을 것이다.

　그것은 곧 러시아의 경제가 무너지는 일이었다.

　러시아와 한국을 두고 벌인 헤게모니 싸움에서의 승리이기도 했다.

　"하하하! 콧대가 한없이 높았던 월가 놈들이 우리에게 머리를 조아리게 될 줄은 꿈에도 몰랐습니다."

　소빈뱅크 은행장인 이고르가 호쾌한 웃음을 뱉으며 말했다.

　"하하하! 우리가 도와주지 않았다면 월가는 무너졌을 것입니다."

　뉴욕 지점의 존 스콜로프도 크게 웃으면서 말했다.

　"반대로 우리가 어려움에 처했다면 놈들은 우리의 속옷까지 빼앗아 갔을 것입니다."

　바르샤바 지점의 코마로프가 의미심장한 말을 던졌다.

그 말에 웃고 있던 인물들의 표정에서 웃음기가 빠졌다.

"그 말은 아직 우리의 힘이 이스트와 웨스트의 세력에게 밀린다는 방증입니다. 세계 경제의 안정을 내세운 헤지펀드에 대한 투자 요구를 거절하지 못했으니까요."

모스크바 국제금융센터의 책임자인 마트베이의 말이었다.

"달러가 제1 기축통화의 지위를 확고하게 지키고 있는 상황에선 이 같은 상황은 다시금 반복될 수 있는 일이야. 이러한 상황을 바꿀 방법은 원유에 대한 지급 방식을 미국 달러에서 다양하게 하는 것뿐이지."

마트베이의 말을 내가 이어서 이야기했다. 그의 말은 틀린 것이 아니었다.

뉴욕 연방은행 총재인 윌리엄 맥도너는 나에게 도움을 청하면서도, 한편으로 소빈뱅크가 나서지 않는다면 미국 정부의 채권 발행과 연방준비위원회의 특별 자금으로 부실화된 투자은행들을 살리겠다고 했다.

여기에 인위적인 금리 인하와 미국 주도의 석유값 조정을 통하여 소빈뱅크가 벌어들인 이익을 극소화시키겠다는 말도 함께 전했다.

이것은 곧 이자율을 급격하게 낮추고, 통화 순환 속도를 높여 달러의 화폐가치를 하락시키겠다는 말이다.

화폐가치의 하락은 빚의 실제 가치도 함께 하락시킨다.

연방준비위원회가 운전기를 돌려 달러를 찍어내어 부실화된 투자은행들을 살린 후 발생된 빚을 인위적으로 축소하겠다는 위협이기도 했다.

더구나 연준이 가지고 있는 특별 자금이 얼마나 되는지도 알 수 없었다.

"이스트와 웨스트는 그러한 일을 절대 허락하지 않을 것입니다."

"물론, 자신들이 가진 최고의 패를 순순히 내어주지는 않겠지. 이 싸움은 이제부터 시작일 뿐이야."

"맞는 말씀입니다. 회장님의 말씀처럼 당장 저들을 쓰러뜨릴 수는 없습니다. 지금은 우리에게 손을 내민 모습을 취했지만, 앞으로 저들은 더욱 철저하게 준비하여 반격을 가해올 것입니다."

런던 금융센터장인 티토바의 말이었다.

티토바는 나의 의중을 잘 알고 있는 인물 중 하나였다.

"맞는 말이야. 우린 작은 승리를 거두었을 뿐이지. 어쩌면 생각했던 것보다 힘들고 지루한 싸움을 해나가야만 할 거야."

내 말에 방 안에 모인 인물들이 공감하듯이 고개를 끄덕였다.

단순히 이스트와 웨스트의 첨병 노릇을 하던 헤지펀드와의 싸움일 뿐이다.

그들의 주력이라 할 수 있는 웨스트의 4대 기사(Four Horsemen of Banking)인 JP모건체이스, 시티그룹, 뱅크오브아메리카, 웰스파고와 그들이 실질적으로 지배하는 석유의 6대 메이저인 엑슨모빌, 로열더치쉘, BP PLC, 셰브런, 토탈, ENI 등과의 싸움이 남아 있다.

여기에 이스트의 백기사로 불리는 도이체 방크와 BNP, 바클레이즈, BNP, HSBC, 산탄데르 등의 거대 금융기관들이 웨스트의 4대 기사와 제휴하고 있다.

더구나 룩오일NY Inc의 탄생을 통해 새로운 석유 메이저가 등장하자, 엑슨은 서둘러 모빌을 역사보다 빠른 98년에 인수·합병했다.

이것을 시작으로 BP가 아모코를 인수·합병했고 토탈과 페트로차이나가 하나가 되었다.

이들의 합병 모두가 룩오일NY를 견제하기 위한 움직임이었다.

*   *   *

"지금까지 드러난 은행들의 부실채권 외에 추가로 밝혀지는 것들은 모두 한국 정부가 책임지겠다고 합니다."

모스크바 회의에 참석한 서울 지점 그레고리의 보고였다.

"정부가 매우 다급해졌군."

"예, 계획했던 것과 달리 미국의 투자은행들이 모두 발을 뺀 상황입니다. 20억 달러 이상의 투자금이 날아간 것이기도 합니다."

투자를 진행하려던 미국 은행들 모두가 헤지펀드들의 위기로 인한 심각한 유동성에 봉착하자 투자 철회를 선언했다.

"음, 얼마나 투자를 바라고 있지?"

"베어스턴스가 투자하기로 했던 8억 달러 이상을 바라고 있습니다. 저희의 투자가 성사되면 유럽 쪽에서 5억 달러 정도를 끌어오겠다는 계획인 것 같습니다."

"지금 같은 상황에서는 투자를 유치하기가 쉽지 않겠지."

러시아의 모라토리엄에 이어진 엔화 약세에 대한 투자 실패로 헤지펀드의 부실 위험이 투자를 해주어야 할 미국과 유럽의 투자은행들을 덮쳤다.

손실을 보전하기 위해서 서둘러 투자금 회수를 진행하는 사이 주식시장은 걷잡을 수 없이 폭락에 폭락을 거듭했고, 부동산으로 불길이 번지는 상황에 소방수로서 연방준비위원회가 서둘러 진화 작업에 나선 것이다.

"저희에게 기대할 수밖에 없는 상황입니다. 유럽의 은행들도 한국의 은행들에 대한 투자를 꺼리는 모습입니다."

자리에 함께한 소빈뱅크 은행장인 이고르의 말이었다.

"유럽도 미국의 여파로 인해 은행 간 콜금리가 크게 상승했습니다. 주식시장은 미국보다도 더 흔들리고 있습니다."

그레고리의 말처럼 유럽의 투자은행들도 큰 손실이 발생했다. 여기에 주식시장의 폭락으로 인해 허공에 사라진 돈이 수백억 달러에 달했다.

"유동성의 문제가 생각했던 것보다 여파가 크군."

"미국에서 불길을 잡으면 유럽도 불안감이 해소될 것입니다."

"음, 서울은행과 외환은행 외에 투자할 은행은 어디로 보고 있나?"

"상업은행과 한일은행을 그나마 인수 대상에 넣을 수 있습니다. 조흥은행과 제일은행은 부실채권의 규모가 너무 큽니다."

1997년까지 한일은행과 상업은행은 상장사 시가총액 순위에서 22위와 23위에 올라 있었다.

"음, 우리 때문에 애꿎은 피해를 봤으니, 투자하도록 하지. 한일은행과 상업은행 인수에 따른 타당성 조사를 진행하도록 해. 그리고 언론의 동향도 주시하고."

"알겠습니다. 곧바로 진행하겠습니다."

이미 서울은행과 외환은행에 대한 인수로 인해 한국 내 소빈뱅크의 여론이 좋지가 않았다.

인수 합병에 따른 인력에 대한 구조 조정이 뒤따랐기 때문이다. 여기에 특혜 시비를 주장하는 언론사의 보도도 있었다.

더 많은 은행을 인수할 수 있었지만, 국민 여론이 악화되는 것을 원치 않았다.

하지만 국내 은행들의 투자 주체가 사라지자 굴욕적인 투자 제안과 국부 유출이라고 보도하던 한국의 언론들은 태세를 전환하여, IMF 관리 체제의 조기 졸업을 위해서는 금융권의 구조 조정과 투자 유치가 반드시 필요하다고 연일 떠들고 있었다.

*　　　*　　　*

이탈리아 슬로베니아 국경에서 얼마 떨어지지 않은 우디네에 위치한 한 창고에 수십 명의 사람들이 모여 있었다.

그들 모두는 이탈리아 4대 조직 중 하나인 은드란게타와 연계된 북부 마피아 조직인 루치아노의 조직원들이었다.

러시아 마피아 조직인 말르노프와의 일전을 위해서 모여든 이들의 손에는 쿠웨이트에서 들여온 M16A2 소총이 들려 있었다.

오늘 이들이 모인 이유도 M16A2 자동소총을 받기 위해서였다.

동유럽 무기 밀매 시장을 장악한 말르노프와 라리오노프 조직에 의해서 값싸고 질 좋은 러시아제 무기들이 이탈리아로 흘러들어 오지 못했다.

러시아 마피아들은 동유럽과 남유럽의 범죄 조직들과 연계하거나 휘하 조직으로 받아들였다.

사실상 러시아 마피아들의 영향력은 동유럽을 넘어 서유럽까지 확대되고 있었다.

일찌감치 내부의 교통정리가 되어서인지, 히틀러가 서유럽을 전격전으로 밀어붙인 것처럼 러시아 조직들도 일사불란하게 서유럽 범죄 조직들의 세력권을 하나둘 잠식해 들어갔다.

"고리치아에 놈들이 모여 있다. 이번에야말로 러시아 놈들에게 본때를 보여줘야 한다!"

M16A2 자동소총을 위로 쳐들며 외치는 피에트로는 은드란게타에서 파견된 인물이다.

은드란게타는 남부 칼라브리아 지역을 근거지로 두고 활동하고 있었다.

현재 카모라와 은드란게타, 그리고 시칠리아의 코사 노스트라가 합심하여 러시아 마피아와 대결 중이었다.

하지만 이탈리아 4대 조직 중 하나인 사크라 코로나 우니타(SCU)는 비밀리에 말르노프와 협정을 맺었다.

"우리가 그동안 밀렸던 것은 화력 때문이었지 놈들의 실력이 뛰어나서가 아니야."

피에트로의 말에 조반니가 자신을 총을 매만지며 말했다.

미군의 무기가 공급될 것이라는 말이 있었지만, 루치아나 조직원들은 실제로 M16A2 자동소총을 받으리라는 것을 반신반의했었다.

공급된 자동소총들에는 총기 번호가 모두 지워져 있었다.

"이제부터 우리가 잃어버렸던 지역들을 되찾을 일만 남은 거지. 고리치아부터 시작해서 슬로베니아와 알바니아까지 되찾아와야 해."

이탈리아 4대 조직은 러시아 마피아들에게 동유럽의 근거지를 대부분 잃어버렸다.

여기에 터키와 중동 지역의 마약 루트까지 빼앗겼다.

"그동안 놈들에게 당한 걸 생각하면 치가 떨린다고."

"복수를 시작해야지. 이제부터는 우리가 놈들을 사냥할 테니까."

창고에 모인 이탈리아 마피아들은 말르노프와의 싸움에서 승리한 것처럼 떠들어댔다.

만족스러운 무기와 충분한 탄약이 자신감을 불러왔다.

"후후! 놈들이 기고만장했군."

창고가 한눈에 내려다보이는 언덕에서 망원경으로 살피는 인물들이 있었다.

세 명의 인물들의 귀에는 이어폰이 끼워져 있어 창고에서 떠드는 모든 소리를 듣고 있었다.

"제대로 사용하지도 못하고 빼앗기면 얼마나 억울할까?"

"이게 놈들의 한계일 뿐이야. 자! 작전에 들어간다."

―불을 놓아!

무전기를 손에 든 인물이 누군가에게 암구호를 보냈다.

"이런, 제길!"

한 사내가 귀에 꽂고 있던 이어폰을 내던지며 소리쳤다.

"왜 그래?"

"유벤투스가 골을 먹었어!"

"얼마나 걸었는데?"

"1백만 리라(50만 원). 안 되겠어, 잠시만 연락 좀 하고 올게."

"하하하! 그러니까, AC 밀란에 걸라고 했잖아."

"마티아! 유벤투스는 영원히 AC 밀란의 밥이라고."

"말도 안 되는 소리!"

사내는 동료들의 말에 손사래를 치며 한쪽 구석으로 걸어갔다.

그곳에는 나무 상자가 있었고, 상자를 열자 검은 가방 하나가 들어 있었다.

가방을 꺼내어 열자 안에는 최루가스 통과 연막탄, 그리고 방독면이 들어 있었다.

마티아라 불린 사내는 최루탄의 안전핀을 모두 제거하자마자 다섯 개를 사방으로 던지고, 세 개는 가까운 근처로 굴렸다.

텅! 턱!

데구루루!

마지막으로 연막탄 두 개를 터뜨렸다.

취이익!

순식간에 여덟 개의 최루탄 가스통에서 뿜어져 나온 최루 가스에 사방에서 기침 소리가 들려왔다.

콜록콜록!

"콜록! 뭐… 냐? 콜록!"

"크으악!"

고통스러워하는 소리가 사방에서 들려올 때쯤 마티아는 방독면을 쓴 채 유유히 연기 속으로 들어갔다.

―여우 굴에 불을 피웠다.

"놈들이 나온다. 준비해!"

창고 문이 열리는 순간 문 앞에서 경비를 서던 세 명의 마피아가 그대로 쓰러졌다.

철퍼덕!

털썩!

―부엉이 제거.

배치된 저격수에 의한 작품이었다.

덜컹!

문이 활짝 열리자 수십 명의 인물들이 앞다투어 달려 나왔다. 그들 모두 바닥에 개처럼 엎드려 침과 콧물을 쏟아냈다.

점검하던 자동소총을 들고 나온 인물들은 아무도 없었다.

부우― 티! 부우― 티!

그때를 맞추어 이탈리아 경찰들이 창고로 들이닥쳤다.

수십 명의 경찰은 일사불란한 모습으로 이탈리아 마피아들에게 수갑을 채웠다.

하지만 그들은 모두 말르노프의 조직원들이었다.

이탈리아 경찰로 위장한 말르노프 조직원들은 은드란게타와 루치아노 마피아를 빠르게 제압했다.

최루가스에 정신을 차리지 못하는 이탈리아 마피아들은 제대로 된 저항을 하지 못했다.

"창고의 물건을 빼내!"

경찰차와 함께 도착한 대형 트럭이 창고로 들어가자 말르노프 조직원들은 창고에 쌓인 무기들을 트럭으로 옮겼다.

말르노프 조직원들이 모두 빠져나가고 난 후 다시금 경찰차의 사이렌이 요란하게 들려왔다.

그날 저녁, 이탈리아 TV 방송에는 은드란게타와 루치아노 조직원들을 대거 체포했다는 소식이 전해졌다.

Chapter 5

모라토리엄 선언 이후 더욱 악화될 것이라던 러시아의 경제 사정은 크게 달라지지 않았다.

오히려 모라토리엄 발생 이후 시장과 상점들에서 사라졌던 상품들이 늘어나고 있었다.

더구나 가파르게 상승하던 물가도 안정되어 갔다.

물가 안정에 큰 역할을 한 것은 도시락마트와 부란이었다.

여기에 대규모 투자를 거쳐 현대화가 이루어진 룩오일 TSR(Trans—Siberian Railroad: 시베리아 횡단철도)을 통해서 각 도시로 막대한 물품이 공급되었다.

룩오일TSR은 시베리아 횡단철도의 지분 95%를 소유한 회사였다.

시베리아 횡단철도가 신의주특별행정구와 연결되었고, 내년 초에는 남북한을 연결하는 경의선이 완전 개통을 앞두고 있었다.

도시락마트에서 식품을 고르는 두 사내가 이야기를 나누고 있었다.

"희한해."

"뭐가?"

"상점에 물건들이 다 사라질 줄 알았거든."

"나도 그럴 줄 알았지. 항상 그래 왔었잖아."

구소련에서부터 러시아로 넘어온 지금까지 감당하기 힘든 인플레이션과 경제 위기가 늘 뒤따랐다.

그럴 때마다 러시아인들은 가진 돈을 다 털어서 물건을 사재기하듯이 집에 쌓아놓았다.

하지만 이번 모라토리엄 선언 이후 상황이 이전과 같지 않다는 것을 느끼고 있었다.

"그랬지. 더구나 이렇게 싱싱한 채소와 과일을 살 수 있다는 것이 더 신기하다니까."

앞선 사내가 탐스럽게 익은 빨간 사과를 집어 들며 말했다.

과일과 채소는 늘 부족한 식료품이었다.

"이게 다 룩오일NY와 도시락 때문이잖아. 정부가 하지 못한 일을 하고 있으니 말이야."

뒤따라오던 사내는 노란 바나나를 집어 들었다.

동남아에서 수입된 바나나가 진열대에 수북이 쌓여 있었다.

"관리들이 필요 없다니까. 차라리 룩오일NY에서 이 나라를 다스렸으면 좋겠어."

"표도르 강 회장이라고 해야지. 그가 없었다면 이 나라의 국민들은 헐벗고 굶주렸을 거야."

모자를 쓴 사내의 말에 앞머리가 살짝 벗겨진 사내가 고개를 끄덕이며 답했다.

"맞아. 그는 이 나라에 없어서는 안 될 영웅이지."

두 사내는 과일을 담은 후에 고기를 판매하는 코너로 향했다.

수많은 사람들이 이용하는 도시락마트에는 판매되는 물품의 가짓수와 종류가 하루가 다르게 늘어나고 다양해졌다.

도시락마트는 모라토리엄이 선언되기 전부터 모스크바와 러시아의 도시마다 판매점을 46개나 더 늘렸다.

모라토리엄이 선언된 이후에도 도시락마트는 17개가 더 늘어났고, 지금도 21개의 판매점이 개점을 위해 공사를 진행하고 있었다.

판매되는 물품들의 가격도 급격한 변동 없이 판매되었다. 이로 인해 소비자물가의 상승을 억제하는 효과가 나타났다.

전 세계에서 값싸고 질 좋은 물품들을 공급할 수 있는 부란의 물류망이 완성되자 도시락마트에서 판매되는 물품의 가격은 이전보다 떨어지고 있었다.

더구나 도시락마트와 경쟁하는 판매점들도 전처럼 높은 가격을 책정해 팔 수가 없었다.

도시락마트가 늘어날수록 마트에 고용되는 인력들도 늘어났다.

"9대 도시마다 최소 7개의 판매점이 개설되었습니다. 이와 함께 내년 초까지 81개의 연방 행정 도시와 자치주에도 도시락마트가 모두 개설될 예정입니다."

"물류 창고는 어떻게 진행되고 있습니까?"

도시락마트의 대표로 올라선 이서준의 보고였다.

러시아에서 도시락마트는 놀라운 성장세를 이어가고 있었다.

"물류 창고들은 각 지역의 주요 철도역과 공항에 지어지고 있습니다. 여기에 핵심 허브 역할을 하는 일곱 개의 종합 물류 센터가 새롭게 공사에 들어갔습니다. 일곱 개의 종합 물류 센터가 완공되면 기존 여덟 개의 종합 물류 센터가 겪고 있는 과부하가 줄어들 것입니다. 현재까지는 부란의 종합 물류 센터에 의존하여 물품들을 공급하고 있습니다."

부란은 도시락마트만 이용하는 물류 업체가 아니었다.

아시아는 물론 북미와 유럽의 기업체들도 부란을 통해서 생산된 물건들을 수송했다.

부란이 성장하고 확대될수록 수많은 고용 창출이 이루어지고 있었다.

"음, 연결 도로들의 공사도 문제없겠지요?"

회의에 참석한 노바닉스E&C의 최윤식 대표에게 물었다.

노바닉스E&C는 닉스E&C와 노바테크가 합작한 러시아 현지 건설회사다.

"예, 러시아 정부의 협조와 지원이 원활하게 이루어지는 상황이기 때문에 충분히 정해진 기간 안에 해낼 수 있습니다."

부란과 도시락마트가 필요로 하는 종합 물류 센터와 창고를 연결하는 도로들도 새롭게 건설하고 있었다.

러시아 정부와 함께 진행하고 있는 도로와 철도 건설에 대한 투자로 인해 신규 고용 창출이 이루어졌고, 이는 내수를 활성화하는 효과로 이어졌다.

"경험 많은 북한의 건설 인력이 함께하고 있어서 공사가 순조롭게 진행되고 있습니다."

닉스E&C의 박대호 대표의 말이었다.

러시아 도로망 건설에는 닉스E&C와 신의주특별행정구 인력관리국이 함께 참여했다.

"신의주특별행정구의 건설 경험을 바탕으로 현지 건설 인력과도 유기적인 협조 체제가 잘 이루어지고 있습니다. 모스크바—상트페테르부르크 구간과 모스크바—니쥐 노브고로드 구간은 내년 중순에… 모스크바—스몰렌스크—크라스노예 구간은 내후년이면……"

미국이 대공황을 극복하기 위해서 펼쳤던 뉴딜 정책처럼 러시아 정부 또한 인프라 건설 사업에 힘을 쏟았다.

이것은 곧 일자리를 창출하여 소득을 늘리기 위한 정책이기도 했다.

러시아 정부 정책에 발맞추어 룩오일NY가 적극적으로 나서서 인프라 구축을 돕고 있었다.

여기에 소빈뱅크가 러시아 국채를 적극적으로 매입하여 자원 조달을 원활하게 했다.

이미 룩오일NY와 소빈뱅크는 75억 달러에 달하는 국채를 매입했고, 21억 달러를 들여서 부실화된 기업을 인수했다.

이들 기업 대부분은 에너지 기업과 식료품 관련 기업이었다.

보리스 옐친 대통령이 대통령직을 사임하고 크렘린을 떠났다.

건강상의 문제가 가장 큰 이유였지만 사실 작년 말부터 그는 허수아비와 같은 존재였다.

키리엔코 대통령 권한 대행이 모든 업무를 주관했고 행정부를 이끌었다.

올해부터는 외교 석상에서도 아예 옐친의 모습이 사라졌다.

그는 모라토리엄까지 갈 수밖에 없었던 러시아의 경제 문제를 해결하지 못한 대통령으로 기억될 것이다.

키리엔코 대통령 권한 대행은 모라토리엄이 발생할 때까지 옐친 대통령과 함께 언론과 국민들에게 욕을 먹었다.

하지만 모라토리엄 선언 이후부터 달라지기 시작한 러시아 경제 여건으로 인해 지도력을 높게 평가받았다.

치솟던 물가를 잡았고, 국제시장에서 외면받던 러시아 국채 발행을 연달아 성공시켰다.

여기에 룩오일NY와 한국의 닉스홀딩스에서 대규모 투자를 끌어냈다.

"하하! 축하합니다. 이제 내년 선거만 잘 치르고 나면 안정적으로 나라를 이끌어갈 것입니다."

"하하하! 감사합니다. 이 모든 것이 회장님의 도움 때문입니다. 회장님께서 이끌어주시지 않았다면 저는 이 자리에 앉지 못했을 것입니다. 앞으로도 잘 이끌어주십시오."

"제가 이끈 것은 없습니다. 모두 대통령께서 능력이 출중하기 때문입니다."

옐친 대통령 때와 달리 난 키리엔코 대통령에게 '님' 자를 붙이지 않았다.

"하하하! 제 능력을 너무 높게 쳐주셨습니다. 솔직히 회장님 앞에서 말씀드리지만, 이 자리에 앉을 능력은 되지 못했습니다."

"너무 겸손한 말씀이십니다. 이 나라를 부강한 나라로 이끌 분은 키리엔코 대통령뿐이십니다."

"하하하! 회장님께 칭찬을 들으니 기분이 정말 좋습니다."

정식으로 대통령에 올라선 키리엔코는 내 말에 연신 기분 좋은 웃음을 터뜨렸다.

내년 말 형식적인 대통령 선거를 거치면 6년의 임기가 보장된다.

나의 도움으로 여당은 물론 야당의 지지까지 받고 있는 키리엔코에 대항할 수 있는 대통령 후보가 없었다.

6년이 지난 후에도 내가 돕는다면 연임할 수 있었다.

"하하하! 앞으로 더 좋은 일들만 일어날 것입니다."

"예, 러시아는 이제부터 시작이라는 것을 알고 있습니다."

키리엔코 대통령은 모라토리엄 선언 때까지 나의 이야기를 반신반의했었다.

그에게 모든 것을 알려주지 않은 상황이기도 했지만, 러시아의 앞날과 키리엔코의 미래도 담보로 잡힌 상태였다.

실패하면 러시아의 모든 것이 무너질 수밖에 없었기 때문이다.

"오늘 취임식을 맞이해 선물을 드리겠습니다. 모스크바─쿠르스크를 연결하는 철도망 개선 사업에 소빈뱅크와 룩오일TSR가 투자를 진행할 것입니다. 대통령께서 직접 발표를 하십시오."

중앙 러시아 고지에 있으며 세임강 상류에 자리 잡은 쿠르스크는 키리엔코 대통령의 고향이다.

쿠르스크주의 주도인 쿠르스크는 사탕무와 담배, 곡물을 재배하는 식품공업의 도시였다.

"하하하! 정말 감사합니다. 저도 철도를 이용해서 고향을 방문할 때 불편함이 작지 않았습니다. 투자가 필요하다고 여기던 시점에 이런 선물을 주시다니, 회장님밖에는 없습니다."

러시아 철도에 대한 투자는 철저하게 룩오일NY와 닉스홀딩스를 위한 투자였다.

쿠르스크에 대한 투자는 늘어나는 도시락마트의 농산물 공급을 위해서이기도 하다.

"하하! 이 정도는 해드려야지요. 앞으로 대통령께 많은 도움을 받아야 하니까요."

"하하하! 걱정하지 마십시오. 표도르 강 회장님이 부탁하시는 일이라면 블라디보스토크를 팔아서라도 해드리겠습니다."

러시아 유일의 부동항이 위치한 블라디보스토크를 이야기할 정도로 키리옌코 대통령은 나에 대한 신뢰를 드러냈다.

키리옌코가 정식으로 대통령에 오른 이후 제일 먼저 한 일은 나를 초청해 크렘린에서 이야기를 나눈 것이다.

내가 없이는 러시아가 원활하게 돌아가지 않기 때문이기도 했다.

*   *   *

아돌프 히틀러의 109주년 탄생을 맞이하여 나치를 신봉하는 스킨헤드족과 신나치주의자들이 모여들었다.

러시아가 경제적인 어려움이 가중되는 동안 독일 나치즘에 영향을 받은 스킨헤드족과 극우 폭력 세력이 늘어났다.

백인 우월주의를 신봉하는 이들은 러시아에 머무는 외국인들이 자신들의 일자리를 빼앗고, 각종 범죄를 저지르고 있다고 주장했다.

이들은 외국인들을 추방해야만 러시아가 러시아인들만의 강한 나라로 태어날 수 있다고 떠들었다.

"수고해! 내일 보자고."

도시락마트의 직원인 고려인 3세 로만 킴이 물건을 정리한 후 서둘러 마트를 떠났다.

블라디보스토크에서 로만 킴을 보기 위해 부모님이 오셨기 때문이다.

"맛있는 것 많이 사드려. 용돈도 두둑이 드리고."

직장 동료이자 같은 코너를 맡고 있는 빅토르 문이 손을 흔들며 말했다.

"알았어. 잘 부탁해."

같은 고려인 3세 빅토르 문의 도움으로 1시간 일찍 퇴근할 수 있었다.

도시락마트에는 적지 않은 고려인들이 근무했다.

로만 킴은 도시락마트에서 구입한 고기와 식료품으로 부모님께 맛있는 요리를 해드리려는 마음에 기분이 들떠 있었다.

도시락마트에 들어오기 전까지 직장을 구하기 위해서 무척이나 애를 썼다.

경제가 뒤로 후퇴만 하는 러시아에서 안정적인 직장을 잡기란 하늘의 별 따기처럼 어렵고 힘든 일이었다.

도시락과 도시락마트에서 고려인을 우대하는 정책을 펼치지 않았다면 아직도 직장을 잡지 못했을 것이다.

"도시락마트에 들어오길 정말 잘했지."

로만 킴은 장바구니를 들어보며 말했다.

도시락마트는 직원들에게는 판매하는 제품을 10% 할인해 주었다.

한 달에 구매할 수 있는 금액이 제한되어 있었지만, 할인된 물품으로 충분히 한 달을 생활할 수 있었다.

할인된 금액으로 구매한 물품들은 재판매할 수 없었고, 적발 시에는 무조건 파면이었다.

작은 이익 때문에 안정적인 직장을 포기할 인물은 도시락마트에는 없었다.

로만 킴이 사는 아파트에서 얼마 떨어지지 않은 놀이터에 다섯 명의 젊은 사내들이 모여 있었다.

처음 본 사내들이었고 머리를 다 짧게 밀어버린 스킨헤드족이었다.

그네에 앉아 담배를 피우던 한 인물이 걸어가는 로만 킴을 발견했다.

"어이! 잠깐만!"

담배를 내던진 사내가 로만 킴에게 관심을 보이자 나머지 네 명도 그를 따라 로만 킴 쪽으로 향했다.

*   *   *

"무슨 일이죠?"

불안한 눈빛의 로만 킴은 자신에게 걸어오는 인물들을 바라보며 말했다.

"러시아 말을 잘하는데. 러시아인?"

"생긴 게 동양인 같은데."

로만 킴에게 말을 건네는 인물들 모두 옷 밖으로 드러난 손과 목에 문신이 빼곡했다.

그런 모습이 위협적으로 다가왔다.

"고려인이지만, 러시아 사람입니다."

로만 킴은 요즘 들어 극성을 부린다는 스킨헤드족이 떠올랐다.

나치즘을 신봉하는 이들은 러시아에 거주하는 동양인을 테러했고, 유학 중인 아프리카 유학생을 공격해 그 유학생이 사망하는 사건이 일어나기도 했다.

"웃기는 소릴 하는군. 진정한 러시아인은 이런 더러운 얼굴을 하고 있지 않을 텐데."

"무슨 말을 하는 것입니까? 난 러시안이요."

말도 안 되는 시비를 거는 사내들의 모습에 로만 킴은 겁이
났다.

"낄낄! 동양의 원숭이처럼 냄새나는 얼굴을 하고 있잖아."

퍽!

앞을 막아선 인물이 로만 킴을 밀치며 말했다.

그의 손등에는 나치 문양의 문신이 새겨져 있었다.

"이게 무슨 짓입니까?"

품에 안고 있던 봉투를 놓친 로만 킴이 밀친 사내를 보며
말했다.

퍽!

그 순간 옆에 있던 인물이 겁에 질린 로만 킴의 턱을 주먹
으로 가격했다.

"헉!"

털썩!

갑작스러운 공격에 턱을 가격당한 로만 킴은 얼굴을 감싸며
주저앉았다.

그것이 신호가 되었다.

로만 킴을 둘러싼 스킨헤드족 다섯 명의 무차별적인 폭행
이 시작되었다.

이들은 노골적으로 로만 킴의 얼굴과 배를 집중적으로 발길질했다.

"살려주세요. 제발……."

로만 킴의 간절한 외침에도 무차별적인 폭력은 멈추지 않았다.

근처를 지나가던 행인이 소리를 지르기 전까지, 로만 킴의 폭행은 4분간 이어졌다.

*   *   *

그날 저녁 모스크바방송은 로만 킴의 폭행 사건에 대해 보도했다.

신나치즘을 추종하는 스킨헤드족에게 폭행을 당한 고려인 3세 로만 킴이 중상을 입은 채 병원에 입원했다는 보도였다.

이러한 스킨헤드의 묻지마 폭행은 이번 달 들어서 세 번째 벌어진 사건이었다.

"스킨헤드족에게 폭행당한 로만 킴이 도시락마트의 직원이라고 합니다."

여비서인 제냐의 말이었다.

뉴스를 보던 중 고려인 3세인 로만 킴에 대해 조사를 해보라고 비서실에 지시했다.

"부상 정도는?"

"머리를 심하게 다쳐 뇌출혈을 일으켰다고 합니다. 현재 모스크바 시립35병원에 입원 중입니다."

"소빈메디컬로 이송시켜서 치료하도록 조치해. 그리고 로만 킴을 공격한 스킨헤드족을 오늘 중으로 찾아."

"알겠습니다."

제냐가 나가자마자 김만철 경호실장이 들어왔다.

"무슨 일이 있으십니까?"

"도시락마트에 근무하는 고려인 직원이 스킨헤드족의 공격을 당해 중상을 입었습니다. 놈들을 손 좀 봐야겠습니다."

"요새 놈들이 심할 정도로 날뛴다 했습니다."

"놈들이 건드리지 말아야 할 사람을 건드렸습니다."

"확실한 교육을 받아야겠습니다."

"예, 뼈가 실릴 정도로 혹독한 교육을 해주어야지요."

김만철도 이들이 벌인 일에 분노했다.

만약 티토브 정이 있었다면 놈들은 경험해 보지 못한 공포를 느꼈을 것이다.

Chapter 6

　시끄러운 헤비메탈 음악이 흘러나오는 술집에 로만 킴을 공격했던 사내들이 모두 모여 있었다.

　그들 외에도 스킨헤드족으로 보이는 인물들이 십여 명쯤 되어 보였다.

　술집 전면에는 나치를 상징하는 하켄크로이츠(Hakenkreuz: 갈고리 십자가 문양) 깃발이 걸려 있었고, 그 옆으로는 히틀러의 초상도 보였다.

　"하하하! 살려달라고 애원하는 걸 그냥 발로 갈겼잖아."

하이네켄 맥주를 손에 든 인물이 크게 웃으며 말했다.

"맞아! 그놈은 평생 고기를 씹지 못할 기야."

맞은편에 앉은 사내가 맞장구를 치며 맥주를 마셨다.

"저기 봐! 놈이 나오잖아."

폭행에 가담한 사내가 TV를 가리키며 소리쳤다.

"미하일! 우리가 한 일이야!"

폭행을 주도한 인물이 가죽 재킷을 입고 있는 사내를 보며 소리쳤다.

미하일 또한 일본 유학생을 폭행했던 스킨헤드족 인물이다.

이들 모두 제4제국이라는 극우 폭력 조직이었다.

"사진이 잘 나왔네."

누가 찍었는지는 모르지만, 로만 킴이 폭행을 당하는 장면을 찍은 사진이 TV 화면에 나오고 있었다.

"완전히 보내지는 못했군."

폭행당한 로만 킴이 구급차에 실려 가는 모습을 보며 희희낙락하는 사내들은 폭행에 대한 죄의식이 전혀 없었다.

"마지막 발길질이 빗나가는 바람에 말이야."

자신들이 벌인 범죄행위를 자랑스럽게 떠들고 있는데도 술집에 있는 누구 하나 뭐라 하는 인물이 없었다.

모스크바 남동쪽에 자리 잡은 배르나스까바 거리를 활보하고 다니는 이들은 말르노프 휘하에 들어온 포스카야 조직의 하부 조직이기도 했다.

"하여간 아시아인과 흑인 놈들은 이 땅에서 모두 사라져야 해."

"맞아! 유럽을 우월한 백인의 나라로 만들려고 했던 총통 같은 위대한 인물이 러시아에도 나와야만 해. 그래야 이 땅에 거지와 술주정뱅이들이 사라질 테니까."

"하일 히틀러(히틀러 만세)!"

한 인물이 의자에서 일어나 히틀러가 걸려 있는 벽면을 향해 나치식 경례를 하자 나머지 인물들도 일어나 하일 히틀러를 외쳤다.

*   *   *

코사크 정보 센터 내 국내 정보팀이 발 빠르게 움직였다.

러시아 내무부와 러시아연방안전국(FSB)의 협조를 받으며 로만 킴을 폭행한 인물들을 찾았다.

추적이 시작된 지 2시간 만에 이들이 신나치주의를 표방하는 제4제국이라는 이름을 가진 스킨헤드족이라는 것이 밝혀졌다.

"포스카야라는 조직과 연관된 극우 폭력 조직입니다. 포스카야는 말르노프 휘하의 조직으로……."

코사크 정보 센터에서 국내 팀을 이끄는 블라자미르의 보고였다.

"이들은 어디에 있지?"

"배르나스까바 근처에 있는 페레바로뜨(혁명)라는 술집에 모여 있습니다."

코사크 정보팀은 이미 제4제국에 속한 인물들이 모여 있는 페레바로뜨를 감시하고 있었다.

"그럼, 그쪽으로 가도록 하지."

"준비하겠습니다."

보고를 끝내자 나를 비롯한 경호실 인원들과 코사크 타격대가 배르나스까바로 출동했다.

스베르타운에서 출발하는 십여 대의 호위 차량이 코너를 돌자 다시금 코사크 마크가 새겨진 12대의 차들이 따라붙었다.

최고급 차량을 호위하듯이 따라붙은 대규모 차량 행렬에 도로를 달리던 차들이 한쪽으로 물러나기 시작했다.

러시아 대통령의 행차처럼 보이는 행렬은 장관이었다.

호위 차량과 코사크 장갑차량이 뒤따르는 모습은 누가 보더라도 위압감을 주는 장면이었다.

거리의 경찰들도 행렬에 방해를 주지 않기 위해서 도로를 달리는 차들을 멈춰 세웠다.

보란 듯이 이러한 모습을 일부러 연출한 것은 룩오일NY와 연관된 인물을 건드리게 되면 어찌 되는지를 알려주기 위한 것도 있었다.

배르나스까바 거리에 나타난 수십 대의 고급 차량과 장갑 수송 차량에서 150여 명에 가까운 인원들이 내렸다.

근처를 지나던 경찰 순찰차 하나가 이 광경을 보자마자 꽁무니 빠지듯이 빠르게 자리를 벗어났다.

이미 이 지역을 순찰하는 경찰들에게 코사크가 작전 중이라는 정보가 전해졌다.

코사크의 작전에는 경찰은 관여할 수 없었다.

코사크 타격대를 비롯한 전투원들은 차에서 내리자마자 일사불란하게 움직여 제4제국 조직원들이 모여 있는 술집 페레바로뜨를 완전히 포위했다.

시끄러운 음악 소리가 들려오는 페레바로뜨에 있는 인물들은 이러한 외부 상황을 알지 못했다.

페레바로뜨의 문을 열고 들어가자 희뿌연 담배 연기와 함께 메탈리카의 음악이 시끄럽게 들려왔다.

개방화가 이루어진 이후 러시아의 젊은이들은 헤비메탈과 록 음악에 심취했다.

"시끄럽군."

내 말에 페레바로뜨에 함께 들어온 세르게이 김이 음악이 흘러나오는 부스로 가서 볼륨을 줄였다.

음악 소리가 사라지자 술집에 있던 인물들의 시선이 우리에게로 향했다.

"뭐야?"

"음악을 누가 끈 거야?"

여기저기서 불만 섞인 소리가 들려왔다.

그때 제4제국 인물들의 눈에 나를 비롯한 김만철 경호실장과 세르게이 김이 들어왔다.

그 뒤로 새로이 경호원에 합류한 메드베데프가 뒤따랐다.

"저놈들은 누구지?"

"못 보던 놈들인데."

"겁도 없이 이곳을 방문했군."

저마다 한마디씩 던진 제4제국 인물들 중 리더를 맡고 있는 미하일이 자리에서 일어났다.

술을 마시던 조직원들이 그의 뒤를 따랐다.

"어이! 원숭이들, 여기가 어디라고 들어왔나?"

"하하하! 동물원에서 급하게 탈출해 경황이 없었나 보지."

새로운 먹잇감을 발견한 것처럼 그들의 눈은 반짝거렸다.

"낄낄낄! 원숭이 세 마리에 냄새나는 오랑우탄인가?"

우리를 보며 말하는 사내는 웃통을 까고 있었다. 그의 가슴과 팔에는 문신으로 가득했다.

덩치 큰 메드베데프를 보고 오랑우탄이라고 표현 것이다.

"너희가 제4제국인가?"

"히하하! 원숭이들이 우리를 아나 본데."

"낄낄낄! 우리가 유명하긴 하잖아. TV에도 나왔는데."

나의 말에 제4제국에 속한 인물들은 장난기가 가득한 말로 답했다.

"살 수 있는 기회를 주지."

"무슨 소리를 하는 거… 컥―억!"

내 말에 대꾸하며 나에게 손을 뻗으려고 했던 인물의 목울대를 김만철 경호실장이 사정없이 가격했다.

눈이 따라갈 수 없을 정도로 전광석화 같은 공격이었다.

두 눈이 튀어나올 것처럼 표정이 변한 사내는 목을 부여잡고 쓰러지자마자 바닥에 뒹굴며 고통에 몸부림쳤다.

"이 새끼가!"

스킨헤드족이 일제히 달려들려고 할 때였다.

"미하일! 포스카야 전화!"

페레바로드를 운영하는 술집 주인이 크게 소리쳤다.

한 덩치 하는 그 또한 스킨헤드족이었다.

포스카야는 제4제국을 돌봐주는 마피아 조직이었다.

"잠깐만 기다려! 갔다 와서 죽여줄 테니까."

미하일의 말에 제4제국 인물들이 동작을 멈추었다.

그들은 당장에라도 주먹을 날리고 싶어 했다.

수화기를 건네받은 미하일의 표정이 심각하게 굳어가는 것이 한눈에 들어왔다.

어깨가 축 처진 모습으로 돌아온 미하일은 전처럼 나를 바라보지 못했다.

"어떻게 하면 되겠습니까?"

말투 또한 달라졌다.

"미하일! 원숭이한테 무슨 소리를 하는 거야?"

"닥쳐! 안드레이! 죽고 싶지 않으면."

미하일은 옆에 있던 안드레이에게 소리를 질렀다.

갑자기 태도가 바뀐 미하일로 인해 제4제국 인물들은 당황스러운 표정들이었다.

"기회를 주지. 밖으로 나와서 내 직원들과 정정당당하게 대결을 펼쳐 이긴다면 너흰 이전처럼 살 수 있다. 하지만 지게 되면 죗값을 톡톡히 치를 것이다."

"우리가 왜 그래야 하지? 원숭이의 말을… 컥!"

털썩!

검은색 반팔 티를 입고 있던 사내가 다시금 세르게이 김의 공격에 맥없이 쓰러졌다.

정확히 미간을 가격당한 사내는 그대로 정신을 잃어버렸다. 두 눈으로 보고도 어떤 식으로 공격했는지 알 수가 없었다.

그제야 4제국 인물들은 앞에 서 있는 우리가 보통 인물이 아니라는 것을 인식했다.

"또다시 원숭이라는 말을 올리면 기회는 사라진다. 이제 시작해 볼까."

내가 페레바로뜨를 나오자 제4제국 인물들도 뒤따라 밖으로 향했다.

*　　　*　　　*

페레바로뜨 밖에는 검은색 슈트를 입은 범상치 않은 인물들과 자동화기로 완전무장 한 코사크 타격대가 일렬로 늘어서 있었다.

특수부대 복장을 한 백여 명이 넘어서는 전투원들과 주변을 에워싼 전투차량에 스킨헤드족들의 표정들이 급격하게 달라졌다.

제4제국 인물들 모두 코사크의 표식을 알고 있었고 이들이 누구인지도 파악했다.

"여기 있는 인물들 중 아무나 네 명을 골라 대결하면 된다. 이긴다면 너희가 폭행한 로만 킴의 죄를 용서해 주지."

술집 밖으로 따라 나온 인물은 모두 여덟 명이었다.

페레바로뜨에서 쓰러진 둘은 이미 싸움을 할 수 없는 상황이었다.

"로만 킴이 누구길래 이렇게까지 하십니까?"

기가 죽은 미하일은 주눅이 든 목소리로 물었다.

"내가 운영하는 회사의 직원이지. 그러니 이번에도 여기 있는 직원들에게 너희가 하던 대로 하면 된다."

내 말에 여덟 명의 인물들은 주변을 둘러보며 자신들보다 약한 인물을 찾았다.

네 명과 싸운다면 이길 수 있겠다는 생각을 하면서.

여덟 명의 제4제국 인물들은 자신들보다 체격이 작은 경호원 4명을 선택했다.

코사크 대원들은 단 한 명도 선택하지 않았다.

코사크 대원들이 입고 있는 특수부대 복장과 무장이 그들에게 위압감을 주었기 때문이다.

"싸움의 규칙은 간단하다. 항복하거나 싸울 수 없을 정도의 부상을 당하거나."

"정말 우리가 이기면 아무 문제가 없는 것입니까?"

불안한 눈으로 다시금 질문하는 미하일이었다.

"물론이지. 하지만 너희가 이 싸움에 진다면 죗값을 치르기 위해 지금까지 겪어보지 못한 고통 속에서 지내야 할 거야."

지금 눈앞에 있는 스킨헤드족들을 야쿠츠크에 있는 교도소로 보낼 예정이다.

이미 싸움의 승패는 정해진 싸움이기 때문이다.

"알겠습니다. 꼭 이기도록 하겠습니다."

미하일은 내 말에 자신감 넘치는 말로 대답했다.

어린 시절부터 싸움에 이골이 난 미하일이었고 함께한 동료들도 마찬가지였다.

일대일의 싸움이든 집단 패싸움이든 간에 말이다.

더구나 8 대 4의 싸움은 누가 보더라도 유리했다.

"자! 싸움에 규칙은 없다. 어떤 방법을 써서라도 이기면 된다. 또한, 이긴 자에게는 미화로 2천 달러의 상금을 주겠다."

내 말에 제4제국 인물들의 표정이 달라지는 것이 보였다.

죗값을 치르지 않아도 되고 거기에 상금까지 덤으로 얻을 수 있는 싸움이었다.

코사크 대원들이 주변을 통제하고 경호원들이 원을 만들어 싸울 공간을 조성했다.

"시작해."

내 말이 떨어지기 무섭게 제4제국 인물들이 득달같이 네 명의 경호원을 향해 달려들었다.

패싸움에 이골이 난 이들이었기에 기선을 제압하기 위한 선제공격의 중요성을 잘 알고 있었다.

퍽!

팍!

철퍼덕! 털썩!

연이어 들려오는 타격음과 함께 바닥에 나뒹구는 인물들이 나왔다.

패싸움에서나 통할 것 같은 엉성한 자세로 날아 차기를 한 2명의 스킨헤드족이 그대로 바닥에 꼬꾸라졌다.

그 자리에서 몸을 회전하며 뒤돌려 차기를 한 경호원들의 발차기가 그대로 턱과 가슴에 명중했기 때문이다.

나머지 인원들도 별반 다르지 않았다.

빠각!

쿵!

서둘러 주먹질을 했던 두 명의 인물 중 하나는 관절기에 걸려서 팔이 골절되고, 다른 한 명은 유도 기술에 걸려 길바닥에 그대로 처박혔다.

"아악!"

팔이 부러진 스킨헤드족은 거리가 떠나가라는 듯이 비명을 질렀다.

바닥에 쓰러진 인물은 큰 충격에 그대로 정신을 잃었다.

지금껏 두 명이 한 명을 상대하는 유리한 상황에서 선제공격 이후 두 번째 인물의 공격은 늘 성공했었다.

"이건……."

하지만 선공을 가했던 인물 모두가 단 한 번의 반격에 싸움을 지속할 수 없게 되자, 뒤따르던 인물들 모두 그 자리에 멈춰 섰다.

지금껏 경험해 보지 못한 일이었다.

이젠 머릿수의 우위도 없었다.

지금 스킨헤드족 앞에 있는 인물들 모두가 압도적인 싸움 실력을 갖추고 있었다.

"난 그만두겠어."

겁을 먹었는지 제일 어려 보이는 스킨헤드족이 뒤돌아서며 싸움을 포기하려고 했다.

"싸움을 포기하면 지옥에서 보낼 시간이 1년 연장된다."

내 말과 함께 싸움을 지켜보던 코사크 타격대의 총구가 싸움을 포기하려고 하는 스킨헤드족에게 향했다.

그 모습에 겁을 먹은 스킨헤드족은 다시금 자신이 상대해야 할 경호원 쪽으로 몸을 돌렸다.

"다시 한번 말해주겠다. 너흰 그동안 저지른 일에 대한 죗값을 치르는 것이다. 살려달라고 외쳤던 로만 킴의 외침을 무시했던 것처럼 나도 너희의 말을 무시할 것이다. 그러니 이 싸움에서 이겨라. 그것만이 너희가 살아날 기회니까."

절대 용서해 주지 않을 생각이다.

이놈들은 이유가 없는 폭력과 증오를 퍼뜨리는 러시아의 암 덩어리였다.

마피아는 돈을 좇았지만, 나치를 신봉하는 스킨헤드족은 인종차별과 폭력만을 좇았다.

"우릴 다 죽일 생각이야."

코코린이 겁먹은 표정으로 울먹거렸다.

방금까지 자신감에 차 있던 이들이었지만 지금은 맹수 앞에서 처분만을 기다리는 어린양으로 바뀌어 있었다.

"싸우지 않으면 정말 죽어. 저분은……."

제4제국을 이끄는 미하일이 말하는 순간 경호원들이 움직였다.

군더더기 하나 없는 날렵한 동작들이었다.

픽! 파박! 쿵!

아악! 컥! 헉!

겁에 질린 채 어정쩡하게 서 있던 스킨헤드족은 바닥에 나뒹굴며 비명을 질렀다.

멀쩡하게 서 있는 인물은 미하일뿐이었다.

그를 공격하려던 경호원이 내 손동작에 공격을 멈췄다.

미하일을 상대할 인물이 막 도착했기 때문이다.

경호원이 뒤로 물러나자 미하일 쪽으로 걸어가는 인물은 다름 아닌 티토브 정이었다.

Chapter 7

　제4제국을 비롯한 러시아에서 활동하던 스킨헤드족은 된서리를 맞았다.

　로만 킴 사건 이후 코사크와 러시아 경찰들이 대대적인 단속과 체포에 들어갔다.

　사회에 대한 불만과 경제 불안을 인종차별과 폭력을 통해 표출하며 세를 늘리던 스킨헤드족에게 악몽이 시작된 것이다.

　여기에 마피아들도 앞다투어 스킨헤드족과의 관계를 끊었다.

　언론들은 나치를 신봉하며 사회 불안을 일으키는 스킨헤드족의 행태를 집중적으로 보도했다.

이러한 변화에 머리를 밀며 스킨헤드족을 자처하던 인물들이 하나둘 자신이 속한 집단에서 탈퇴했다.

그들을 선동하고 이끌던 모스크바 스킨헤드족의 리더들 대부분이 체포되어 시베리아로 수송되었다.

이 모습을 지켜본 다른 도시의 스킨헤드족은 자발적으로 조직을 해체하기 시작했다.

모스크바 시민들은 코사크가 앞장서서 스킨헤드족을 체포하고 단속하는 모습을 크게 환영했다.

코사크는 언론을 통해서 외국인과 동양인에게 인종차별적인 폭력을 행사하는 조직이나 인물들에 대해 강력한 처벌을 진행할 것이라고 공표했다.

체포권과 수사권을 가진 코사크의 이러한 발표가 스킨헤드족과 극우 폭력 세력들의 축소를 불러왔다.

경찰보다도 강력한 존재로 부상한 코사크의 위상에 도전할 조직은 러시아에는 없었다.

코사크는 러시아 정부 조직과는 별도로 완전하게 독립적인 조직이었다.

옐친에 이어 대통령에 올라선 키리옌코 대통령 또한, 코사크는 러시아의 안정과 치안에 크게 이바지하는 조직이며 지금과 같은 독립성은 계속 유지될 것이라고 천명했다.

이미 코사크의 독립성에 대한 안전장치는 법률적으로 이중 삼중 마련되어 있었다.

야당 또한 대통령과 여당에 대한 견제 장치로 코사크가 필요하다고 여겼다.

코사크는 특별한 일이 아닌 상황에서는 정치인과 연관되는 일에는 관여하지 않았다.

"우디네에서 입수한 M16A2 자동소총은 쿠웨이트에 전해진 물건이었습니다."

말르노프를 이끄는 샤샤의 보고였다.

루치아노 조직에서 빼앗은 M16A2 자동소총 중에서 총기 번호가 완벽하게 지워지지 않은 것이 있었다.

그 번호를 추적하자 쿠웨이트에 주둔 중인 미군 부대의 물건으로 나왔다.

"미군의 물건을 빼돌린 건가?"

"그것까지는 알 수 없었습니다.

"예비 물자일 수도 있습니다. 이라크전 이후 상당한 군사 물자가 쿠웨이트에 전해졌습니다."

코사크 정보 센터를 맡고 있는 쿠즈민이 말했다.

"음, 궁지에 몰린 이탈리아 마피아에게 무기를 공급한다. 미군이 움직이는 건지, 아니면 CIA 쪽인지 확인을 해봐."

이스트 조직은 이탈리아 마피아와, 웨스트는 미국에 진출한 이탈리아 마피아와 남미 조직과 연계되어 있었다.

이스트는 이들을 통해서 손을 더럽힐 수 있는 일들을 진행했고, 마피아는 뒤치다꺼리를 해주면서 세력을 확대했다.

"알겠습니다."

"이대로는 이탈리아 진출이 힘들겠습니다. 북부까지 미군의 무기가 공급되었다는 것은 남부는 이미 무장을 갖추었다는 것으로 볼 수 있습니다."

"북부 조직인 루치아노와 남부의 은드란게타가 손을 잡았다는 것은 본토에는 절대로 발을 들여놓지 않겠다는 말이겠지."

말르노프와 비밀 협정을 맺은 이탈리아 4대 조직 중 하나인 사크라 코로나 우니타를 뺀 나머지 3대 조직인 카모라, 은드란게타, 코사 노스트라는 러시아 마피아에게 결사 항전을 선포했다.

더구나 이탈리아 마피아는 남북의 조직이 서로를 견제했다. 전통적으로 남부의 세력이 월등했지만, 북부 조직은 군소 조직의 연계가 탄탄했다.

"그럼, 놈들을 외부로 나오지 못하도록 하는 방법을 써야겠습니다."

"이탈리아 반도 안에 가두어놓겠다는 말인가?"

"예, 다른 나라로의 진출을 차단한다면 놈들은 고사할 수밖에 없을 것입니다."

"그 방법도 나쁘지 않을 것 같습니다."

샤샤의 말에 쿠즈민이 동조하듯 말했다.

코사크 정보 센터는 말르노프의 유럽 공략에 많은 도움을 주고 있었다.

유럽을 장악한 이스트 세력과의 싸움은 마피아부터 금융 세력까지 뿌리 깊게 연계되어 있었다.

8개의 다리를 가진 문어처럼 이탈리아 마피아는 이스트라는 몸통에 달린 하나의 다리일 뿐이었다.

"또 하나, 사크라 코로나 우니타를 이용해 내부의 혼란을 확대하는 것도 좋겠지. 그래야 서유럽 공략도 더욱 쉬워질 테니 말이야."

"무슨 말씀인지 알겠습니다."

내 말에 샤샤는 입가에 웃음을 머금으며 말했다.

내부의 혼란이 가중된다면 외부로 눈을 돌릴 여력이 더욱 없을 것이다.

러시아 마피아 조직을 대표하는 말르노프와 라리오노프는 2차대전의 독일군처럼 서유럽으로 전진하고 있었다.

*   *   *

　대산그룹의 이중호는 서울시립요양원에 입원해 있는 정문호를 찾았다.

　자신을 알아보지도 못한 채 침대에 누워 있는 정문호를 바라보는 이중호의 눈에는 복잡한 감정들로 가득했다.

　"인생무상인가?"

　세상 부러울 것 없었던 정문호였다.

　자신이 하고 싶은 일이 있으면 뭐든지 할 수 있었고 어딜 가나 대접을 받았다.

　하지만 지금 반병신이 되어서 평생 침대를 벗어나지 못하는 신세로 전락했다.

　서울역에 넘쳐나는 노숙자보다도 불행한 인생이었다.

　"후후! 영광은 잠시뿐이고, 몰락하는 것은 순식간이니……."

　혼잣말로 읊조리는 이중호의 표정에는 만감이 교차했다.

　한국의 10대 그룹 중 하나인 한라그룹의 몰락은 이중호에게도 충격이었다.

　대산그룹은 다른 그룹과 달리 부도가 나지 않았지만 위풍당당하던 위세가 많이 사그라졌다.

　지금도 위기를 극복하기 위해서 노력 중이었다.

"다들 살기 위해서 몸부림치는데, 그놈만은 다른 길을 걷고 있으니……. 강태수, 그놈은 정말 난놈이야."

이중호는 자신의 말을 정문호가 듣고 있는지 마는지 아랑곳하지 않고 이야기를 계속했다.

"대용과 보영그룹도 사라지고 대명그룹도 부도로 끝이 났지. 다들 미래를 내다볼 줄도, 세상이 어떻게 돌아가는지도 모른 바보들이었다. 물론 나 또한 그 바보 중의 하나였고."

이중호의 말에 아무런 대꾸도 표정의 변화도 없는 정문호였다.

"앞으로는 여기 올 일이 없을 거다. 뒤를 돌아볼 여유조차 없을 테니까. 아니, 다시 한번 용기를 내어 도전하는 일이 잘못된다면 난 이곳에 머물 수가 없을 테니……."

이중호는 멍하니 천장만을 바라보는 정문호를 뒤로한 채 병실을 나섰다.

정문호를 찾아온 이유는 단 하나였다.

와신상담(臥薪嘗膽)!

다시 시작하는 사업에 전심전력하기 위해서였다.

실패는 곧 죽음이라는 마음가짐을 가지려고 정문호를 찾아온 것이다.

가족에게 버림받은 비참한 정문호의 모습을 통해서 자신을 더욱 다잡기 위해서이기도 했다.

세계는 지금 이 시각에도 엄청난 액수의 돈들이 은행에서 은행으로 국가에서 국가로 옮겨 다니고 있다.

이 자금들은 투자를 가장한 투기성 자금들로서 더 많은 돈을 벌어들이기 위해 국경을 초월해 옮겨 다녔다.

이를 위해 금융회사들은 하루가 다르게 새롭고도 복잡한 금융 상품들을 만들어내고 있다.

선진 금융을 자처하는 유럽과 미국에서 새로운 금융 패키지가 꾸준히 만들어지고 있고, 이러한 금융 투자 상품들은 새로운 금융 패키지로 분할되어 다시 전 세계 투자자에게로 팔려 나간다.

새로운 금융 패키지를 만들어내는 금융회사들을 각국 정부는 효과적으로 규제하고 있지 못하다.

첨단 컴퓨터 기술과 통신 기술, 그리고 수준 높은 법률 지식으로 무장한 금융회사들은 정부보다 더 빠른 속도로 움직이고 있기 때문이다.

기업이나 민간 부문의 속도는 빛처럼 빠른 속도로 움직인다면 공공 부문의 속도는 제자리에 머물러 있어서다.

이러한 것 때문에 언제나 문제가 터지고 나서야 정부가 움직인다.

"한일은행과 상업은행에 대한 투자를 진행하겠습니다. 대신 약속한 대로 투자 검토 이후에 발견되는 부실채권은 모두 한국 정부에서 책임을 져주셔야 합니다."

"하하하! 감사합니다. 그 점에 대해서는 문서로 명문화할 것입니다."

소빈뱅크 서울 지점장인 그레고리의 말에 실무 협상자인 한국은행 국제국장인 박민호가 활짝 웃으며 말했다.

"또 하나, 두 은행에 대한 강도 높은 구조 조정이 필요합니다. 지금 두 은행에 근무하는 인력의 절반 이상을 구조 조정 대상자로 보아야 합니다."

"그건, 너무 많은 것이 아닙니까?"

구조 조정에 대한 필요성을 박민호도 잘 알고 있었다.

하지만 은행원들을 절반으로 줄인다는 것은 예상하지 못했다.

"저희는 두 조건이 충족되지 않으면 투자를 진행할 수 없습니다. 지금 두 은행의 구조적인 문제를 개선하기 위해서는 지점 축소와 인원 감축이 반드시 필요합니다."

한국의 은행들은 러시아 은행처럼 불필요한 인력들이 넘쳐났다.

은행마다 연공서열에 따른 자동 승진과 평생 보장되는 직장이란 개념 속에서 자기 계발은 뒤처졌고, 업무 능률 또한 높지 않았다.

낡은 금융 시스템에 갇힌 은행들의 수익은 단순히 저금리의 외채를 끌어다가 기업과 개인 대출을 통한 이자 따먹기뿐이었다.

"지금 실업자 문제가 심각한 상황이라서 감원에 대해서 무척 민감합니다. 정부에서도 최소한의 인원 감축을 진행할 수 있는 투자처에 은행을 넘기라는 지시가 내려오고 있습니다."

"한국 정부는 금융시장의 조기 정상화를 바라고만 있지, 실질적 형태의 구조 개혁에는 관심이 없는 것 같습니다. 지금 두 은행이 가지고 있는 부실과 문제점을 그대로 가지고 간다면 1~2년 안에 은행 문을 닫을 수밖에 없을 것입니다. 저흰두 은행을 돕는 백기사가 아닙니다. 이익이 없는 곳에 돈을 투자할 수는 없습니다."

적대적인 인수 합병 때 경영진에게 힘을 보태는 것을 백기사고 한다. 그와 반대로 경영권을 뺏으려는 측을 돕는 측을 흑기사라 부른다.

"그래도 50%를 감원한다면 인수 합병에 대한 반대 여론이 높아질 것입니다. 인수하신 서울은행과 인수가 진행 중인 외환은행의 인원 감축은 30% 선이지 않습니까?"

"맞습니다. 하지만 한일은행과 상업은행은 우리 계획에 없던 인수 대상입니다. 8억 달러는 결코 적은 투자금이 아닙니다. 더구나 최저 수익률도 보장되지 않은 상황에서 까다로운 조건까지 부여하신다면 저흰 투자를 진행할 수 없습니다."

"후! 알겠습니다. 관계 부처와 협의해서 이 문제를 해결할 수 있도록 하겠습니다."

박민호 국제국장은 소빈뱅크 투자에 대한 전권을 일임받았다.

관계 부처와의 협의 또한 무난히 해결될 수 있는 일이었다. 한국 정부는 지금 하루라도 빨리 은행에 대한 구조 조정을 끝내야만 했다.

그래야만 2년 안에 주요 기업들의 부채비율을 선진국 수준인 200% 이하로 개선하는 작업에 들어갈 수 있기 때문이다.

기업이 살아나야지만 당면한 실업 문제도 해결할 수 있었다.

"우리의 요구 사항을 받아들이는 대로 투자가 이루어질 것입니다."

소빈뱅크는 갑이었고 한국 정부는 을의 위치에 있었다.

소빈뱅크가 한일은행과 상업은행까지 인수하게 되면 한국에서 가장 큰 은행으로 바뀌게 된다.

더구나 소빈뱅크는 미국과 홍콩의 은행들도 인수하는 작업에 들어갔다.

*　　　　*　　　　*

1970년대 유가 폭등으로 인해 소련은 미국 GDP 67%까지 추격하면서 최고의 전성기를 맞았다.

정점에 오른 소련은 이를 발판으로 동서로 공산주의를 확산시키고, 1979년 12월 27일에는 아프가니스탄을 전격적으로 침공했다.

8개 사단과 공수부대, 그리고 특수부대를 앞세운 소련은 일주일 만에 아프가니스탄 전역을 점령하고 페르시아만 접경까지 진격했다.

베트남전쟁에서 미국이 실패한 것과는 달리 소련은 막대한 화력을 앞세운 기동전술을 통해서 아프가니스탄을 장악한 것이다.

소련의 다양한 무기들은 아프간전쟁에서 큰 위력을 발휘했고 군대 또한 잘 훈련된 모습이었다.

하지만 그건 잠시 눈에 보인 신기루였고, 미국처럼 깊은 수렁에 빠지고 만 어리석은 선택이었다.

미국은 파병이 아닌, 기다렸다는 듯이 금리를 올렸다.

한 달 동안 무려 4% 포인트를 올렸고, 금리 상승은 계속되어 1980년에는 20%까지 상승했다.

금리의 상승은 전 세계 자본을 미국으로 끌어들였고 달러 강세를 불러왔다.

막대한 자본 유입은 초고금리의 부작용을 상쇄시켰다.

세출의 삭감, 소득세 대폭 감세, 기업에 대한 정부 규제 완화 등을 통해서 미국의 경제는 활성화되었고, 더욱 강하게 군비경쟁을 할 수 여건을 마련할 수 있었다.

더구나 미국 내 물가는 안정적으로 유지됐지만, 소련은 그와 반대적인 국면에 처하게 되었다.

아프간전쟁은 소련의 생각과 달리 장기화하였고, 돈줄이 되어주던 국제 유가는 달러화와 연동되어 폭락에 폭락을 거듭했다.

소련을 무너뜨리기 위한 치밀한 계획은 이렇게 시작되었었다.

그러나 지금, 미국을 흔들기 위한 계획은 러시아의 모라토리엄 선언으로부터 시작이었다.

미국에 의해 세워진 IMF와 세계은행이 주도하는 경제의 틀 또한 바꾸어야만 한다.

IMF는 아시아의 경제 위기와 러시아의 모라토리엄 선언으로 자금이 바닥난 상태였다.

"인수한 은행들에 대한 자산 정리와 인원 재배치가 마무리 단계입니다."

러시아의 모라토리엄 선언은 전 세계를 흔들었지만, 러시아 내의 충격도 만만치가 않았다.

상당수의 부실한 은행들이 파산하거나 헐값의 매물로 나왔고, 은행들이 소유한 우량 자산의 값어치는 큰 폭으로 떨어졌다.

"전산과 통신망의 개선 작업은 어떻게 되어가고 있지?"

인수한 은행뿐만 아니라 소빈뱅크의 차세대 전산 시스템에 투자가 이루어지고 있었다.

막대한 손실로 인해서 투자 여력이 떨어진 미국과 유럽 투자은행들보다 앞서가기 위해서 5억 8천만 달러에 달하는 자금이 투입되었다.

"소빈뱅크에 사용할 전용 프로그램인 키릴이 테스트 과정에 있습니다. 올해가 가기 전까지 문제가 제기된 버그를 해결할 예정입니다.

소빈소프트 미카엘 대표의 보고였다.

소빈소프트는 은행 전산 프로그램을 개발하기 위해 만들어진 회사였다.

자체적인 전산 시스템을 구축해 나가기 위한 것으로 이 회사에 1억 달러가 투자되었다.

"통신망 교체 작업은 모스크바와 노보시비르스크, 상트페테르부르크 등은 모두 마쳤습니다. 나머지 도시들도 12월까지는 끝마칠 수 있습니다."

이어서 통신망을 관리하는 소빈베스트의 피에트가 말을 이었다.

한국이 투자에 들어간 초고속 인터넷 통신망을 러시아에서는 소빈베스트와 소빈페르콤이 주축이 되어 망을 깔고 있었다.

이미 러시아의 핸드폰과 삐삐 시장을 소빈페르콤이 57% 장악했다.

"독립국가연합의 진행은 어떻게 되어가고 있나?"

러시아의 여파는 곧장 독립국가연합과 동유럽 국가들에도 영향을 주었다.

독립국가연합 11개 국가 중에서 경제적인 독립을 유지할 나라는 러시아와 우크라이나뿐이다.

독립국가연합에 속한 국가들은 경제 유대 관계를 강화하는 대신 군사적·정치적 관계는 더 느슨한 형태를 띠도록 하는 독립국가연합 헌법을 채택하였지만, 우크라이나와 몰도바, 투르크메니스탄 3개국은 서명을 거부하였다.

"우크라이나와 벨라루스, 그리고 리투아니아와의 통신망은 내년 중순까지 작업을 끝낼 수 있습니다."

"음, 그 정도의 시간이면 나쁘지 않군. 우크라이나가 IMF에 얼마나 차관을 요청했지?"

"22억 달러의 확대신용자금(EFF) 차관을 지원해 달라고 했습니다. IMF의 캉드쉬 총재와 우크라이나의 레오니트 쿠치마 대통령, 그리고 체르노미르딘 총리와의 회담에서 나온 내용이라 금액은 확실합니다."

체르노미르딘은 러시아연방 총리였다.

우크라이나의 22억 달러 EFF 차관 요청은 러시아 금융 위기의 확산을 막기 위한 선제 조치였다.

IMF가 지원하는 확대신용자금(EFF)은 개도국을 대상으로 장기적인 국제수지 지원을 위한 제도로서 금융 기간은 4년 거치 6년 분할상환 조건이다.

"IMF가 우크라이나에 지원할 자금의 여유가 있나?"

소빈뱅크의 이고리 은행장에게 물었다.

"캉드쉬 총재는 가능하다는 말을 했지만 저희가 파악한 바로는 IMF의 자금은 바닥이 난 상태입니다."

"그럼, 지원 가능성이 없다는 말이군."

"예, 추가 자본금을 조성해야 하지만 지금 미국과 유럽의 경제 사정이 좋지 않습니다. 더구나 일본의 내부 사정도 여의치 않아서 추가로 기금을 낼 수 있는 국가가 없습니다. 굳이 꼽으라면 중국이 가능하겠지만, 미국이 지분을 내어놓지 않을 것입니다."

브레턴우즈 기구인 IMF와 세계은행은 미국과 유럽 등 선진국들이 전체 투표권의 60%를 장악해 절대적인 통제권을 행사하고 있다.

여기에 미국은 핵심적인 권한과 영역에 대한 사실상의 거부권을 행사할 수 있다.

한마디로 자기 입맛대로 IMF와 세계은행을 움직일 수 있었다.

"지금이 IMF와 세계은행에 맞설 수 있는 기구를 만들 수 있는 절호의 기회야. 우리와 관계가 깊은 독립국가연합과 동유럽, 그리고 중부 아프리카 국가들을 묶는 경제기구를 말이야."

세계은행과 IMF는 경제 지원을 앞세워 선진국과 부자 나라들에 유리한 금융 제도를 바꾸고 자본시장의 빗장을 활짝 개방하도록 하였다.

IMF의 금융 원조에 따른 조건으로 채무국들에 채권국들에 이익이 되는 정책을 선택하도록 강요하는 일이 다반사였다.

한국 또한 그동안 거부해 오던 무역 및 금융 투자 정책을 받아들이도록 강요받았고, 구제금융을 받는 조건으로 외국인 투자자들에게 자본시장을 개방할 수밖에 없었다.

준비되지 않은 제도와 금융시장의 보호막이 사라지는 순간,

국제 자본가와 투자은행들은 하이에나처럼 달려들어 해당국의 우량 자산을 헐값에 구매하여 큰 부를 축적했다.

"국제기구를 만들기 위해서는 러시아 정부가 나서야 할 것 같습니다. 문제는 정부가 나서면 미국이나 유럽의 국가들이 크게 반발할 것입니다."

루슬란 비서실장의 말이었다.

그의 말은 틀린 이야기가 아니다.

IMF는 유럽의 목소리가 강하고 세계은행은 미국 주도로 움직인다.

이 두 기구의 영향력을 축소할 수 있는 국제기구의 설립을 절대 허용하지 않을 것이다.

"정부 주도가 아닌 민간 기구 형태로 만들면 돼. 소빈뱅크가 주축이 되고 우리가 인수한 독립국가연합의 은행과 동유럽 은행들의 주도로 말이야. 중부 아프리카는 각국에 진출한 소빈뱅크와 협력하는 은행들을 포함하면 충분할 것 같은데."

"그럼, IMF보다는 세계은행과 비슷한 형태로 가는 것입니까?"

이고르 은행장이 되물었다.

"그래, 일본이 주도하려고 했던 아시아은행처럼 우리와 연관된 국가들의 경제 위기를 사전에 막을 수 있는 기구를 설립하자는 것이지."

"기금 조성은 소빈뱅크가 주도하는 것입니까?"

"지금은 그렇게 해야겠지. 하지만 점차 해당 국가의 은행들이 더 많은 기금을 내고, 기금 비율에 따라 국제은행의 지분을 가져가는 방향으로 바꾸도록 해야지. 누군가가 독점하는 기구가 아닌 참여한 국가에 진정 도움이 되는 국제은행으로 만들어가야 해."

소빈뱅크가 할 수 없는 범위의 원조와 협력 지원을 할 수 있는 다자간 국제은행이 필요했다.

"무슨 말씀인지 알겠습니다. 국제은행을 잘 키운다면 달러에 대한 기축통화의 지위를 흔들어놓을 수도 있겠습니다."

"하하하! 내 뜻을 바로 읽었군. 우리가 저들을 이기기 위해서는 기축통화의 자리를 차지해야 하니까."

소빈뱅크가 벌어들인 돈은 한정이 있지만 제1 기축통화인 달러는 무한정에 가깝게 찍어낼 수 있었다.

이에 맞서기 위해 다양한 계획을 세우는 중이었고, 그중 하나가 다자간 국제은행이었다.

이를 통해서 더욱더 룩오일NY와 닉스홀딩스를 확대해야만 했다.

국가가 감당할 수 없는 초거대 기업으로 말이다.

우크라이나 최대 공항인 보리스필국제공항에 룩오일NY의 소속 전용기가 내렸다.

국제공항이라고는 하지만 김포공항과 비교하면 60% 정도의 크기였다.

우크라이나 방문은 쿠치마 대통령의 초청으로 이루어졌다.

전용기의 문이 열리고 비행기 트랩에서 내려서자 우크라이나 정부 관계자들이 나를 기다리고 있었다.

나를 처음 반긴 것은 푸스토보이텐코 총리였다.

"우크라이나 방문을 진심으로 환영합니다. 찾아주셔서 감사합니다."

국가원수의 방문도 아닌 기업의 총수를 위해 총리를 앞세운 관료들이 대거 공항에 마중하러 나왔다는 것은 이례적인 것을 넘어서는 일이었다.

"이렇게 환대해 주셔서 감사드립니다. 우크라이나와 룩오일 NY가 많은 일을 함께했으면 좋겠습니다."

"진심으로 바라는 일입니다. 표도르 강 회장님께서 많은 관심을 우크라이나에 주셨으면 합니다."

"그러기 위해 왔습니다."

"감사합니다. 이쪽은 올레흐 후세우 재무장관……."

푸스토보이텐코 총리는 함께한 관료들을 하나하나 소개해 주었다.

키예프에 자리 잡은 닉스호텔에 여장을 풀자마자 푸스토보이텐코 총리와 회담을 했다.

러시아 모라토리엄 선언의 충격파가 독립국가연합들에게서 본격적으로 나타나고 있었기 때문이다.

우크라이나를 방문하기 전, 레오니드 쿠치마 우크라이나 대통령은 심각한 경제난을 타개하기 위해 국제통화기금인 IMF에 긴급 구제금융 22억 달러를 요청했다.

하지만 구제금융 지원 승인이 시급한 우크라이나에 IMF는 이렇다 할 답변을 하지 못하고 있었다.

지난해부터 우크라이나는 긴급 경제 조치를 통해 국외 자금의 이탈을 늦추려고 노력했지만, 단기 외채 증가와 세수 부족 문제를 해결하지 못하고 있었다.

러시아 루블화의 평가절하 이후 우크라이나 흐리브냐화의 가치도 큰 폭으로 떨어졌다.

"방문 첫날은 편히 쉬게 해드려야 하는데, 정말 죄송합니다."

푸스토보이텐코 총리는 미안한 표정으로 말했다.

표면상은 초청에 의한 방문이었지만 이면은 다급하게 도움을 요청한 거였다.

"아닙니다, 관광을 위해 방문한 것이 아니니까요."

"그리 이해해 주시니 감사합니다. 러시아의 경제가 점차 나아지고 있지만, 오히려 저흰 최악의 상황으로 나아가고 있습니다. 처음부터 회장님의 제안을 받아들여야 했는데, 여건이 성숙하지 못했습니다."

모라토리엄 선언이 있기 전부터 우크라이나 정부에게 러시아와의 경제 협력 강화를 요청했었다.

문제는 우크라이나는 독립국가연합의 창설에 주도적인 역할을 담당했지만, 연합 내 주도권을 놓고 러시아와 계속 대립을 이어왔다는 것이었다.

이 때문에 러시아 기업인 룩오일NY와 소빈뱅크가 주도하려던 경제 협력 방안을 받아들이지 않았다.

"지금도 늦지 않았습니다. 이젠 자존심 싸움이나 해묵은 감정은 버려야 합니다. 독립국가연합의 협력 관계가 확고해야만 경제적인 어려움을 이겨낼 수 있습니다. 미국이나 IMF는 결코 우크라이나의 번영을 이끌어주지 않습니다."

"저희의 바람이 컸던 것 같습니다. 아직도 IMF에 요청한 긴급 구제금융에 대한 답변을 전혀 들을 수가 없었습니다."

"IMF의 자금은 고갈된 상태입니다. 동남아시아와 한국 그리고 러시아에 생각 이상으로 자금이 소요되었습니다. 이후에 긴급 자금을 요청한 나라들에 대해서는 자금 지원을 할 수 없는 상황입니다."

미국의 경제가 헤지펀드의 부실로 인한 혼돈 속에 빠지면서 그 여파가 대서양을 건너 유럽까지 이어졌다.

서유럽의 경제가 흔들리자 경제 펀더멘털이 취약한 동유럽과 독립국가연합은 바로 위기에 봉착했다.

"으흠, 그러면 저희가 어떻게 하면 되겠습니까?"

짧은 신음성을 내뱉는 푸스토보이텐코 총리의 어두운 표정에서 우크라이나의 현재 상태가 고스란히 보였다.

"러시아와의 협력을 강화하십시오. 러시아와의 분쟁은 서구 세력이 원하는 것입니다. 우리는 적과 아군을 분명히 구분해서 대처해야만 합니다. 두 나라가 힘을 보태야만 독립국가 연합이 경제적으로 더욱 공고해질 수 있습니다. 그래야만 우크라이나가 룩오일NY의 투자를 더욱 끌어낼 수 있습니다. 룩오일NY의 모태가 러시아이기 때문에……."

우크라이나가 다급하게 날 초청한 이유는 어려운 경제를 극복하기 위한 투자 문제 때문이다.

하지만 지금 러시아와 우크라이나의 관계는 물과 기름처럼 앙숙 관계로 발전하고 있었다.

역사적으로도 우크라이나는 러시아로부터 경시와 박해를 받았었다.

스탈린에 의해 우크라이나 농민 3백만 명을 희생시키면서 강제 이주와 집단농장화를 진행했다.

여기에 우크라이나 민족적 성향의 지식인과 학자들을 학살하면서 민족주의 말살 정책을 통해 우크라이나 문화를 말살하려고까지 했다.

우크라이나화를 추진한 지도자와 당원도 숙청 대상이 되었다.

더구나 제2차 세계대전 독일군 공격의 최전방이 되어버린 우크라이나에선 600만 명의 사상자가 나왔었다.

희생에 따른 보상은 적었고, 농산물과 군사 물자 공급처의 역할을 담당하기만 한 우크라이나인들은 구소련의 페레스트로이카가 진행되는 시점에 제일 먼저 독립했다.

"회장님의 말씀은 충분히 이해합니다. 하지만 러시아는 저희와 진심이 담긴 협의를 해오지 않았습니다. 아직도 저희를 소비에트연방에 속했던 자치주로 여기고 있습니다."

오래전부터 쌓였던 해묵은 감정들이 두 나라에 존재했다.

레오니드 쿠치마 우크라이나 대통령은 친러 성향을 가지고 있었지만 푸스토보이텐코 총리는 반러 성향이 강했다.

더구나 러시아는 우크라이나와 갈등이 발생할 때마다 에너지의 65% 이상을 러시아에 의존하고 있는 우크라이나의 상황을 이용하고 있었다.

우크라이나는 원자력 연료 100%, 천연가스 70%, 원유 70%를 러시아로부터 수입하고 있다.

"과거의 잘못된 일들을 바로잡아야 하는 것은 당연합니다. 하지만 지금은 정치적인 문제를 떠나 경제적인 관점에서만 바라보아야 합니다. 지금 당장 우크라이나의 어려움에 손을 내밀 수 있는 곳은 저희뿐입니다. IMF의 자금을 받아들인 러시아의 현실이 어떠했는지 잘 아실 것입니다."

IMF의 지원을 받은 러시아의 경제는 좋은 방향으로 나아가지 못한 채 모라토리엄을 선언했다.

땜질 처방 형식의 자금 지원은 본질적인 문제를 해결할 수 없었다. 단순히 국가 부도로 이어지는 시간을 잠시 연장해 줄 뿐이다.

"회장님은 믿을 수 있지만, 러시아는 믿을 수가 없습니다. 과거를 떠나 지금까지 얼마나 많은 약속이 러시아로부터 지켜지지 않았는지를 보시면 됩니다."

"저를 믿으신다면 제 말을 믿고 따르십시오. 러시아와 우크라이나 모두를 위해 룩오일NY가 적극적으로 도움을 드릴 것입니다."

푸스토보이텐코 총리에게 러시아의 정치·경제를 장악했다는 말을 노골적으로 전할 수 없었다.

러시아에 있어 우크라이나는 급소였다.

미국이 주도하는 나토와 유럽연합(EU)과의 경계선에 자리 잡고 있는 우크라이나는 러시아의 국익 수호와 영토적 안전 보장과 함께 위대한 러시아의 재건을 좌우할 수 있는 중대한 위치에 있는 나라다.

만약 우크라이나가 친서방 정책을 통해서 서구에 포섭되어 나토에 가입하게 된다면 러시아는 나토와 직접적인 국경을 마주하게 되어 안보 문제에 있어 치명타가 된다.

더구나 우크라이나의 친서방화가 이루어지면 흑해와 카스피해 연안 지역의 통제권을 약화시켜 에너지 자원 개발과 파이프라인 건설을 둘러싼 서구 열강 간의 경쟁에서 러시아의 경제적 이권도 상실하게 될 수 있다.

그리되면 룩오일NY Inc가 진행하는 신실크로드 파이프라인 계획을 이루지 못하게 된다.

한마디로 우크라이나는 러시아에 있어 순망치한(脣亡齒寒)이었다.

*　　　　　*　　　　　*

마카오의 뒷골목에 자리 잡은 허름한 음식점에 50대 후반으로 보이는 사내가 들어섰다.

온화한 인상을 풍기고 있었지만, 그의 눈매는 무척이나 날카로웠다.

몸에서 풍겨 나오는 기운 또한 평범하지가 않았다.

식당 안으로 들어서자 미모의 여자가 입구에 서 있었다.

"어서 오세요."

사내를 반기는 이는 다름 아닌 화린이었다.

"만약, 네년의 말이 틀린다면 더는 두 발로 걷지 못할 것이다."

화린에게 경고하듯이 말하는 사내는 흑천의 척살단을 이끌던 화용성 장로였다.

"후후! 만나보시면 아시게 될 거예요. 2층으로 올라가시면 됩니다."

화용성 장로의 무서운 경고에도 화린은 전혀 두려움에 떨지 않았다.

화용성 장로를 감히 마주 보지도 못했던 화린이 모습이 아니었다.

"그래, 네년이 믿는 구석이 얼마나 대단한지 보면 알겠지."

화린을 두려움에 떨게 하는 인물은 이 세상에 단 하나이기 때문이다.

화용성 장로는 화린이 가리킨 계단 위로 천천히 올라갔다.

2층에 올라선 화용성 장로의 눈에 들어온 것은 홀로 탁자에 앉아 차를 마시는 젊은 여자였다.

일곱 개의 테이블은 모두 비어 있었고, 중앙 테이블에만 여자가 앉아 있었다.

한눈에 보아도 아름다움이 절로 묻어 나올 것 같은 자태를 지닌 여인이었다.

다가오는 화용성 장로를 바라보는 여인의 미모는 어디에서도 볼 수 없는 압도적인 미의 화신이었다.

바라보는 것만으로도 사내들의 넋을 빼앗아 버릴 것만 같았다.

갓 스물을 넘어 보이는 모습의 여인은 다름 아닌 송예인이었다.

"네가 화린를 통해 나를 찾은 아이더냐?"

화용성 장로는 천천히 송예인에게로 걸어가며 물었다.

"길 잃은 강아지처럼 떠돌고 있기에, 내 너를 불쌍히 여겨서 불렀노라."

화용성의 말에 대꾸하는 송예인의 눈빛이 순간 붉게 변화하며 놀라운 기운이 폭사되었다.

'헉! 이것은……'

그 순간 당당하게 걸어오던 화용성의 발걸음이 그 자리에서 멈췄다.

차가운 얼음송곳으로 온몸을 찌르는 것 같았다.

"대단하군. 하지만 이 정도로는 날 감당할 수 없느니라."

다시금 기운에 맞서 발걸음을 앞쪽으로 옮기려는 순간이었다.

"내! 너를 취함이 무엇이 문제더냐?"

예인의 목소리가 스피커를 통해 증폭되는 것처럼 큰 울림이 되어 2층 식당에 퍼졌다.

그 순간 갑자기 불어닥친 바람이 비명을 지르며 휘몰아쳤다.

그러자 칠흑같이 검던 머리카락이 붉게 변하며 바람에 날리듯 허공으로 치솟았다.

창문이 모두 닫혀 있는 2층에는 바람이 통할 곳이 전혀 없었다.

"크— 흑! 넌 도대체 누구길래……."

털썩!

고통스러운 신음을 내뱉은 화용성 장로는 한쪽 무릎을 꿇으며 말했다.

얼음송곳처럼 느껴지던 기운이 어느새 억만 근의 무게처럼 화용성 장로를 짓눌렀다.

그 무게를 이겨내기 위해 기운을 끌어낼 때마다 더 큰 무게감과 고통이 느껴졌다.

고통스러움에 낯빛이 창백하게 변해가는 화용성은 끝내 오른쪽 무릎마저 바닥에 찧었다.

쿵!

완전히 바닥에 엎드린 모습의 화용성을 향해서 송예인이 다시금 입을 열었다.

"천혼(天魂)을 뒤엎고, 하늘과 땅을 불태울 업화(業火)의 불길이니라!"

동시에 그녀는 허공에 양손으로 어긋나게 큰 원을 그리며 합장했다.

그 순간 마치 위대한 성인의 모습처럼 송예인의 얼굴에서 광채가 뿜어져 나왔다.

*   *   *

　소빈뱅크는 러시아의 중앙은행에 이어서 우크라이나의 우크라이나 중앙은행(NBU)과 포괄적 협력 관계를 맺었다.

　여기에는 국가 간 통화스와프처럼 양쪽 은행에서 필요로 하는 외환 금액을 공급하는 조항도 들어 있었다.

　협력 관계가 이루어진 직후, 소빈뱅크는 우크라이나 최대 민간 은행인 프리밧뱅크(Privatbank)에 5억2천만 달러를 투자한다고 밝혔다.

　이는 우크라이나에 직접 투자하는 금액 중 최고액이었다.

　소빈뱅크가 프라밧뱅크의 지분 90%를 인수하여 소빈프라밧뱅크로 다시 태어나기로 한 것이다.

　추후 우크라이나 정부가 가지고 있는 10%의 지분까지 모두 인수하기로 합의했다.

　우크라이나의 경제 위기는 민간 은행들에도 큰 어려움을 가져다주고 있었다.

　이미 올해 들어 27개의 은행이 파산하거나 청산 절차에 들어갔다.

　기존 은행들도 지속적인 경기 침체와 만연한 부패로 인해 적자가 누적되었고, 자본금을 모두 까먹은 은행들도 계속 늘어나고 있었다.

우크라이나 또한 러시아처럼 부패와 빈곤율이 상당했다.

더구나 동부와 서부 지역의 정치적 갈등과 경제 불안은 우크라이나의 앞날을 어둡게 했다.

그런 와중에 러시아의 룩오일NY와 한국의 닉스홀딩스가 20억 달러에 달하는 투자 계획을 발표한 것은 우크라이나에 단비와도 같은 일이었다.

"하하하! 대우자동차의 투자 이후 계속 이렇다 할 투자가 없었습니다. 회장님께서 다시금 우크라이나를 힘차게 나아갈 수 있게 해주셨습니다."

레오니드 쿠치마 우크라이나 대통령은 샴페인 잔을 들면서 이야기했다.

그의 표정은 무척이나 밝았고 웃음이 떠나지 않았다.

한국의 대우자동차에서 우크라이나와 합작 설비한 압토자즈—대우가 본격적인 가동에 들어갔다.

우크라이나 최대 자동차 회사인 압토자즈사와 50 대 50으로 합작해 자본금 3억 달러를 들여 올해 4월에 설립한 것이었다.

압토자즈—대우에서는 레간자, 누비라, 라노스 승용차 3개 모델을 반조립 방식으로 생산했다.

"우크라이나는 역동적인 나라입니다. 일시적인 어려움은 잠시뿐입니다. 앞으로 우크라이나는 독립국가연합에서도 중추적인 역할을 맡아 발전하게 될 것입니다."

"하하하! 회장님께서 그리 말씀해 주시니, 그동안의 걱정이 모두 날아가는 것만 같습니다. 우크라이나와 러시아의 협력 관계에서 회장님께 큰 기대와 의지를 하게 됩니다."

20억 달러에 달하는 투자 선물을 통해 그동안 미루어왔던 러시아와 우크라이나의 포괄적 경제협력에 대한 서명을 끌어냈다.

러시아와 우크라이나는 무관세협정을 맺었고, 양국 간의 군사 협력 관계도 강화되었다.

우크라이나 흑해에는 세바스토볼항을 모항으로 하는 러시아의 흑해함대가 주둔하고 있다.

흑해함대는 지중해에서 미해군 6함대에 맞서는 전략적 기능을 수행해 왔다

"러시아에서 이루어진 체질 개선 작업이 우크라이나에서도 큰 역할을 해낼 것입니다."

"달라져 가는 러시아의 모습에 큰 감명을 받았습니다. 사실 저희나 러시아나 고질적인 부패와 빈곤 문제, 그리고 마피아들이 이끄는 지하경제 문제로 골치가 아팠습니다."

러시아나 우크라이나나 별반 다르지 않았다.

소비에트연방에서 독립한 모든 나라의 문제였다.

특히나 마피아의 득세는 경제 여건이 힘들어진 우크라이나의 어려움을 가중시켰다.

우크라이나에서 활동하는 마피아들은 러시아처럼 정치인과 관료에게 정기적인 뇌물 제공으로 사업을 확장해 나갔다.

사업적 수단이 남다르고 폭력을 동원할 수 있는 마피아의 사업장은 날로 늘어나고 있었다.

코사크를 통해서 마피아를 통제하는 러시아와 달리 우크라이나는 코사크가 활동할 수 있는 여건이 성숙하지 않았다.

"러시아가 마피아를 통제할 수 있었던 것은 코사크에게 수사권과 체포권이 주어졌기 때문입니다. 러시아는 해마다 마피아가 저지르는 범죄가 현격히 감소하고 있습니다. 우크라이나에서도 코사크의 활동에 제약이 사라진다면 지금의 어려움을 해결할 수 있습니다."

우크라이나를 비롯한 독립국가연합에 코사크가 진출해 있었지만 룩오일NY와 소빈뱅크, 그리고 각 나라에 진출한 외국 회사들의 경비 업무가 주였다.

"저도 그에 대한 보고를 받았습니다. 사실 러시아에서 벌어지고 있는 건설적인 일들은 정말 놀라운 일입니다. 회장님께서 말씀하신 일은 몇몇 각료들이 반대하는 상황이지만, 코사크의 활약이 없었다면 러시아의 치안은 저희와 별반 다르지 않았을 것입니다."

코사크의 활약을 인정하면서도 우크라이나의 정치인들이 우려하는 것은 코사크의 공정성이었다.

코사크가 러시아의 편에 서서 활동할 수 있다는 점이 가장 큰 우려를 불러오고 있었다.

"그리 생각해 주시니 감사합니다. 코사크는 우크라이나와 러시아 어느 편에 서 있는 존재가 아닙니다. 이익을 위해서 활동하는 경비 회사입니다. 코사크는 기업과 은행, 그리고 개인들의 안전을 위해 활동합니다. 그러한 활동 중에 발생할 수 있는 문제를 최소로 하기 위해서라도, 범죄자들을 사전에 처리할 수 있는 권한을 코사크에게 부여해야만 만연한 범죄와 부패가 사라질 수 있습니다. 더구나 코사크는 범죄자들을 경호하지 않습니다."

우크라이나에서 활동하는 마피아들은 이미 말르노프와 라리아노프에 종속된 상황이다.

이러한 상황을 쿠치마 대통령과 우크라이나 관리들은 알지 못했다.

한편으로 우크라이나 정치인과 관료들에게도 룩오일NY의 로비가 일찌감치 시작되었다.

"으흠, 회장님의 말씀을 들으니 코사크의 존재가 더욱 명확하게 받아들여집니다. 내무부와 법무부 관계자들과 협의를 해보겠습니다."

쿠치마 대통령은 코사크에 대해 호의적이었다.

"우크라이나에서도 러시아와 같은 수사권과 체포권을 코사크에 준다면 다른 독립국가연합들도 코사크를 쉽게 받아들일 것입니다. 코사크는 러시아에서도 정치인과 관료들에 대한 수사를 단 한 번도 진행하지 않았습니다. 코사크는 오로지 마피아와 같은 범죄 집단에 맞설 뿐입니다."

관료와 정치인에게 있어 수사권과 체포권은 민감한 문제였다.

"하하하! 무슨 말인지 알겠습니다. 회장님이 말씀하신 것처럼 마피아와 범죄자들만 상대하는 것이라면 굳이 반대할 것도 없을 것입니다. 마피아만 해결된다면 이 나라는 지금보다 두 배는 좋아질 테니까요."

"물론입니다. 어려운 경제 상황을 타개하기 위해서라도 마피아들이 불법적으로 진행하는 일들을 반드시 해결해야만 합니다."

우크라이나에서는 마피아들이 은행들도 소유해 불법적인 자금을 세탁했다.

우크라이나 정부가 공식적으로 수입하는 물품들을 마피아가 중간에 가로채어 민간에 판매하는 행위도 다반사로 일어났다.

       *   *   *

숙소로 돌아온 화용성 장로는 믿기지 않던 모습을 다시금 떠올렸다.

어떻게든 버터보려고 했지만, 도저히 감당할 수 없는 기운이었다.

지금까지 경험했던 그 어떤 존재보다도 압도적인 힘을 보여주었다.

"후후! 감당할 수 없는 존재라… 진정 마녀가 환생을 했단 말인가?"

화린은 화용성 장로에게 마녀의 존재를 이야기해 주었다.

오래전 백야와 흑천 모두를 위기에 몰아넣은 가공할 마녀의 존재를 말이다.

"음, 마녀가 아니고서야 그런 모습을 보일 수가 없겠지… 천산마저 당했다면…….."

화용성에게 있어 흑천의 대종사였던 천산은 넘볼 수 있는 산으로 여겨졌다.

하지만 직접 맞닥뜨린 마녀는 그 어떤 방법으로도 감당할 수 없는 모습을 갖추고 있었다.

더구나 지금도 마녀의 기운은 점점 더 커지고 있었다.

'그래, 주인이 아닌 객으로 떠돌 수도 없는 노릇이고……'

마녀는 화용성 장로에게 압도적인 모습을 보여주었지만, 자신을 강제적으로 따르라는 말을 하지 않았다.

"크하하하! 내 손아귀에 쥐지 못한다면 세상을 불태우는 것도 재미있는 일이겠지."

큰 웃음을 토해낸 화용성 장로는 결심이 섰다.

무너진 흑천이 아닌 마녀를 따르기로.

Chapter 9

닉스홀딩스 비서실에서 근무하는 송가인은 모스크바로 향하는 비행기에 올랐다.

공식적인 일정은 출장이었지만 바쁜 일정 때문에 한국으로 돌아오지 못하는 강태수를 만나기 위한 이유도 있었다.

"보고 싶은 얼굴을 이렇게밖에 볼 수 없으니……."

창밖으로 보이는 구름을 바라보는 송가인의 표정은 밝았다.

몇 시간 뒤에 사랑하는 사람을 다시 볼 수 있다는 것이 기분을 들뜨게 했다.

"예인이도 함께했으면 좋을 텐데……."

예전처럼 여동생과 함께 모스크바를 방문하고 싶었다.

한국을 떠났다는 것은 확인했지만 지금 어디서 무엇을 하고 있는지 알 수 없었다.

'예인이는 누구보다 강한 아이니까……'

예인이의 육체에 자리 잡은 또 다른 인격에게 예인이가 잠식당하지 않았으리라는 것을 믿고 싶었다.

서울에서 출발한 비행기는 9시간이 걸린 비행 끝에 무사히 모스크바 셰레메티예보국제공항에 도착했다.

비행기에 내리자마자 룩오일NY에서 나온 비서실 관계자가 송가인을 맞이해 주었다.

"짐은 저희가 처리하겠습니다. 이쪽으로 가시면 됩니다."

"아, 예."

이미 이전에 경험했던 일이었다.

송가인은 일반인 통로를 이용하지 않고 곧바로 공항 동편에 있는 입국 심사장 옆 귀빈실로 이동해 입국 수속을 마쳤다.

입국 심사장과 곧바로 연결된 VIP 주차장에는 검은색 방탄 벤츠와 검은색 SUV 4대가 준비되어 있었다.

송가인이 벤츠에 오르자 스무 명의 경호원들은 일사불란하게 움직였다.

벤츠를 사이에 두고 검은색 SUV 차량 4대가 앞뒤로 호위했다.

선두에 선 SUV에는 룩오일NY와 코사크의 마크가 새겨진 깃발이 휘날렸다.

이것은 룩오일NY의 VIP가 탑승하고 있다는 뜻이기도 하다.

모스크바에서 룩오일NY의 관계자를 노린다는 것은 있을 수 없는 일이었다.

빠르게 달리는 차량은 막힘없이 정해진 코스를 통해 스베르 타운으로 향했다.

*   *   *

짙은 향수 냄새와 화려한 장식들로 꾸며진 마사지 숍에 송예인과 화린이 나란히 누워 있었다.

그녀들 사이로 마사지 숍의 종업원들이 조심스럽게 시중을 들고 있었다.

"왜 백천결 호법이 아닌 화용성 장로를 선택하신 것입니까?"

화린은 궁금한 듯 송예인에게 물었다.

"화용성은 천성적인 악인이기 때문이지."

종업원에 의해 빨간색 매니큐어를 정성스럽게 손톱에 바르고 있는 송예인이 말했다.

"백천결은 악인이 아닙니까?"

"너는 악(惡)이 무엇이라고 생각하느냐?"

"사람들이 정한 도덕률이나 양심을 벗어난 행위를 악이라고 하던데요."

"사람들이 규정지은 악이 아닌, 네가 생각하는 악을 말하는 것이다."

"제가 생각하는 악은……"

화린은 곧바로 말을 하지 못했다.

잠시 생각에 잠긴 화린은 빙그레 웃으면서 다시금 입을 열었다.

"제가 생각한 진정한 악은 마녀님이십니다."

"깔깔깔! 네가 날 웃게 하는구나. 너의 말처럼 나는 세상을 불태울 업화(業火)이니라. 오늘날의 세상은 무엇으로 채워지고 있더냐? 악으로 채워지더냐? 아니면 선(善)으로 채워지더냐?"

다시금 질문을 던지는 송예인의 말에 화린은 더는 답을 하지 못했다.

"저는 잘 모르겠습니다."

"그렇다면 너에게 있어 선은 무엇이더냐?"

"강함입니다."

화린은 주저함이 없이 답했다.

"그럼, 너에게 있어 악은 약함이 되겠구나?"

"예, 나약함을 저주합니다. 그래서 마녀님을 동경하고 있습니다."

"세상도 그러하니라. 각자가 가지고 있는 선과 악이 구별할 수 없을 정도로 뒤엉켜져 있느니라. 내가 이제부터 구별되지 않은 것들은 태우고, 구별되는 것들을 살릴 것이니라."

갑자기 메아리처럼 울림이 가득한 송예인의 목소리에 함께 있던 마사지 숍의 종업원들이 두려움에 몸을 떨었다.

*　　　*　　　*

최첨단 빌딩들이 들어서 있는 스베르타운에 검은색 SUV 4대의 호위를 받으며 방탄 벤츠가 들어섰다.

벤츠는 일체의 검문검색 없이 곧장 스베르타운의 중심에 자리 잡은 스베르에 멈춰 섰다.

경호원과 룩오일NY 비서진의 에스코트를 받으며 스베르로 들어서는 송가인을 바라보는 사람들의 눈길에는 의구심이 가득했다.

아름다운 동양인 여자가 누구길래 아무런 검문검색도 없이

건물 안으로 들어설 수 있을까 하는 물음과 부러움의 시선이
었다.

더구나 룩오일NY의 표도르 강 회장이 전용으로 이용하는
엘리베이터를 올라탔다.

보안을 위해 회장 전용 엘리베이터는 비서실과 경호실 관계
자 몇 명만 이용할 수 있었다.

엘리베이터는 곧장 회장 집무실이 있는 14층에 멈췄다.

"어서 오세요, 가인 씨. 회장님께서 기다리고 계십니다."

엘리베이터의 문이 열리자 송가인을 반겨준 것은 김만철 경
호실장이었다.

"안녕하셨어요. 언니가 전해 드리라고 한 거예요."

송가인은 직접 챙겼던 가방 하나를 김만철 경호실장에게
건넸다. 그녀는 김만철의 부인을 친언니처럼 대하며 허물없이
지내고 있었다.

"하하하! 고맙습니다. 송이 엄마는 잘 있죠?"

"예, 언니가 실장님이 언제 한국에 오느냐고 저한테 자주
물었어요."

송이 엄마는 김만철 경호실장의 일이 중요하다는 것을 잘
알고 있었다.

그 때문에 김만철에게 한국에 빨리 오라고 채근하지도, 전

화를 자주 걸지도 않았다.

"저야 마음은 늘 송이가 있는 서울에 가 있습니다. 회장님이 워낙 바빠서 잠깐이라도 틈을 낼 수가 없네요."

"알아요. 그래서 아쉬운 제가 이렇게 모스크바로 날아왔잖아요."

"하하하! 저도 송이 엄마를 모스크바로 불러야겠습니다."

"언니하고 같이 올 걸 그랬나 봐요."

"하하! 아닙니다. 미국에만 다녀오면 급한 일은 정리가 되니까. 이번 달에는 한국에 들어갈 수 있을 것 같습니다."

"다행이라고 말해야겠죠?"

"예, 저도 한국 공기가 그립습니다."

송가인은 김만철의 안내로 비서실을 거쳐 회장 집무실로 들어섰다.

"어서 와! 공항에 직접 나갔어야 했는데, 외무장관과 만남이 있어서. 미안해."

송가인을 보자마자 두 팔을 들며 그녀를 품에 안았다.

"실장님이 계시잖아."

가인이는 싫지 않은 표정으로 말했다.

"하하하! 괜찮습니다. 전 일이 있어서……."

분위기를 감지한 김만철 경호실장은 재빨리 회장실을 나

갔다.

"정말, 보고 싶었어."

김만철이 나가자마자 더욱 힘을 주어 가인이를 끌어안았다.

"그 말 믿어도 되는 거야?"

"그래. 보고 싶어서 모든 일을 내팽개치고 한국으로 가려고 몇 번이나 공항에 갔었는데."

"그런데 왜 비행기를 안 탔어?"

"가려고 하면 거짓말처럼 급한 일들이 터졌어. 내가 아니면 해결하지 못하는 일들이."

"오빠는 일중독이야."

가인이는 내 품을 더욱 파고들며 말했다.

"맞아, 일중독자야. 정말로 일을 떠나고 싶은데, 날 놔주지 않아. 그건 그렇고, 안 본 사이에 얼굴이 더 예뻐진 것 같아."

"원래 타고나길 예뻤다고."

"그거야 알지. 더 예뻐져서 그렇지."

"웃겨, 정말 보고 싶어 하긴 한 것 같네."

품에서 떨어진 가인이는 날 보며 미소를 지었다.

"농담이 아니라고. 책상에 올려진 사진만으로는 보고 싶은 마음이 해결되지 않잖아."

내 말처럼 커다란 책상 위에는 송가인의 독사진과 예인이와 함께 찍은 사진이 놓여 있었다.

"그래서 날 부른 거야?"

가인이는 애써 예인이의 사진에서 눈길을 떼었다.

"안 그러면 죽을 것 같더라고."

사진을 보고 있던 가인이를 다시금 뒤에서 안았다.

가인이의 긴 머리카락에서는 달콤한 사과 향이 풍겨왔다.

"직원들이 들어오면 어쩌려고."

"내 허락 없이는 누구도 들어올 수 없어."

"그래도 여긴 회사인데… 흡."

가인이의 입에서 더는 말이 나오지 못하게 입술을 막아버렸다. 가인이는 그런 내 목을 두 팔로 감싸며 나를 더 깊게 받아들였다.

그동안의 아쉬움을 모두 날려 버리려는 듯이.

*   *   *

미국의 엑슨사가 모빌사의 인수를 확정 지었다.

이제 세계를 주름잡던 세븐 메이저의 시대는 끝이 난 것이다.

룩오일NY Inc, 엑슨모빌, 로열 더치 셸, BP(브리티시 페트롤리엄) 아모코가 이끄는 거대 기업들이 세계 석유 시장을 이끌어 갈 것이다.

지난 8월에 영국 BP와 미국 아모코 간의 인수·합병이 성사되었다.

BP와 아모코 간의 자본금 550억 달러의 인수·합병 이후 두 번째로 성사된 엑슨과 모빌 간의 합병으로 인해 2천4백억 달러에 달하는 규모의 회사가 탄생한 것이다.

올해 연달아 이어진 대규모 석유 회사 간 인수·합병의 이유는 석유 가격이 바닥을 치고 있는 상황에서 채굴과 정제 비용은 기하급수적으로 늘어나 채산성이 크게 악화되었기 때문이다.

현재 유가는 배럴당 11달러 선으로 최근 12년 이래 최저를 기록하고 있었다.

생산되는 원유의 채산성을 맞추기 위해서는 더 많은 정유 공장과 석유 소비가 뒤따라야만 했지만, 아시아의 경제 침체가 이를 막아섰다.

여기에 룩오일NY Inc의 갑작스러운 부상으로 인해 전통적인 석유 회사들이 아시아 시장에서의 경쟁력을 상실한 것도 이유 중 하나였다.

구소련의 분열을 통해 러시아의 원유와 천연가스를 손에 넣으려고 했던 이스트와 웨스트 세력에게 있어 룩오일NY Inc의 성장은 예상치 못했던 큰 변수였다.

러시아의 석유를 손에 넣었다면 전 세계 에너지 시장은 이스트와 웨스트 세력의 입맛대로 움직일 수 있었을 것이다.

이제 두 세력의 산하에 있던 석유 회사들이 덩치를 키운 이후 본격적인 시장 쟁탈전이 벌어질 것이다.

이것은 곧 연 매출액 1천억 달러 이하의 석유 기업은 생존할 수 없을 정도의 치열한 석유 전쟁을 알리는 신호탄이었다.

"엑슨모빌의 탄생은 예측했던 일이야. 새로운 판을 만들기 위한 사전 작업이지."

"그 판이 저희 때문에 이루어졌습니다. 엑슨모빌, 로열 더치 셸, BP·아모코가 저희를 향해 칼을 갈고 있습니다."

러시아 제일의 정유 회사인 시단코를 방문하는 차 안, 함께 탄 루슬란 비서실장의 말이었다.

"지금 말한 석유 회사들 모두 세계적인 회사들 아니에요?"

옆자리 동승한 송가인이 물었다.

모스크바를 방문한 이후 내 일정에 함께하고 있었다.

공식적인 자리에서는 회장 비서의 역할을 했다.

"맞아, 전 세계의 석유 시장을 좌지우지하는 기업들이지. 그런 기업들이 우리와 경쟁하기 위해서 올해 회사를 합쳤지."

"룩오일NY Inc와 맞서기 위해 힘을 합친다는 말은 룩오일NY Inc의 영향력이 그들보다 크다는 이야기네요."

"맞아. 그들이 합병하기 전까지는 룩오일NY Inc가 그들보다 영향력을 더 키웠지. 하지만 이젠 비슷한 크기의 회사가 되었으니까, 이제부터 본격적인 싸움이 벌어질 거야."

"하하하! 가인 씨는 이해가 빠르신 것 같습니다. 지금 회장님께선 일반 사람들은 상상할 수 없는 일들을 진행하시고 계십니다."

우리 세 사람은 러시아어가 아닌 영어로 이야기를 나누었다.

"예, 저도 많이 놀라고 있어요. 한국의 닉스홀딩스에서 보았던 강태수 회장님과 이곳에서의 표도르 강 회장님은 많이 다른 것 같았어요."

가인이의 말처럼 러시아에서의 일에 대한 규모와 진행이 한국에서보다 훨씬 크고 다양했다.

송가인은 공식적인 업무를 보는 자리에서는 회장님이라고 호칭했다.

"하하하! 맞습니다. 회장님께서 러시아를 움직이고 계시기 때문입니다."

루슬란 비서실장의 밝은 웃음소리가 끝날 때쯤 목적지인 시단코에 도착했다.

러시아 최대 정유 회사라는 위용답게 큰 규모를 자랑하는 시단코를 방문한 이유는 고도화 시설을 확장하기 위한 착공식이 있었기 때문이다.

고도화 시설은 원유를 정제할 때 나오는 벙커C유와 아스팔트 등 중질유를 부가가치가 높은 휘발유나 경유로 전환하는 첨단 설비다.

고도화 비율이 높을수록 부가가치가 높은 경질유 생산량이 증가하기 때문에 정제 마진을 크게 개선할 수 있다.

이미 시단코를 인수한 이후 17억 4천만 달러를 투자해 1차 고도화 시설을 완공했다.

1차 고도화 시설에서는 8만 배럴의 고급 휘발유와 경유를 생산하고 있다.

2차 고도화 시설에는 25억 달러를 투자하여 15만 배럴의 고도화 능력을 추가할 예정이다.

2차 고도화 시설이 완공되면 23만 배럴의 고도화 능력을 갖추게 된다.

이와 함께 혼합 자일렌을 원료로 하여 석유화학의 기초가 되는 벤젠과 파라자일렌(PX)을 생산하는 BTX 생산 공장도 동시에 착공한다.

지금까지 러시아는 단순 증류 공정을 거친 제품들만 생산했다.

러시아에서 전량 수입에 의존하던 벤젠과 파라자일렌을 생산하여 러시아 수요를 감당하기로 한 것이다.

PX(파라자일렌)는 원유에서 나온 중질 나프타를 정제해 만든 석유화학 제품으로, 이를 원료로 사용해 고순도 테레프탈산(PTA)을 만든다.

PTA는 의류와 페트병 등에 많이 쓰이는 폴리에스터의 원료다.

벤젠은 유기합성공업 원료, 휘발유 옥탄가 향상을 위한 첨가제, 합성세제 원료 및 각종 용제로 사용된다.

37억 달러가 들어가는 착공식에는 러시아 대통령인 키리엔코와 프리마코프 연방 총리를 비롯한 정치인들이 대거 참석했다.

모라토리엄 선언 이후 대규모 투자를 단행하고 있는 룩오일NY의 행보에 러시아 정치인과 국민들 모두가 큰 찬사를 보내고 있었다.

"하하하! 착공식 날씨도 아주 좋습니다."

키리엔코 대통령은 큰 소리로 웃으며 말했다.

그가 대통령에 오르고 나서부터 룩오일NY와 소빈뱅크, 그리고 도시락의 투자가 이어지고 있었다.

"예, 바쁘신데도 참석해 주서서 감사드립니다."

"당연히 참석해야지요. 회장님과 연관된 일들이 제게 있어서 가장 우선시되는 일입니다."

"하하하! 대통령께서 먼저 말씀하시니 제가 할 말이 없어졌습니다. 진심으로 착공을 축하드립니다. 러시아가 더욱 발전할 수 있게 해주십시오."

옆에서 이야기를 듣고 있는 프리마코프 연방총리가 밝게 웃으며 말했다.

러시아의 대통령과 연방총리 모두가 나의 기분을 맞춰주려는 말을 한다는 것이 러시아의 현실이었다.

"감사합니다. 러시아는 지금껏 하지 못했던 일들을 하나둘 이루어 나갈 것입니다. 자! 발파 스위치를 누르시지요."

준비된 발파 스위치는 세 개였다.

나를 중심으로 키리옌코 대통령이 오른쪽에, 프리마코프 연방총리가 왼쪽에 섰다.

쾅! 쾅!

착공을 알리는 폭발이 들리자 모스크바방송을 비롯한 러시아의 언론들이 이 모습을 취재했다.

새로운 공장을 통해 러시아는 더욱더 풍요로운 미래를 맞이할 수 있다는 소식을 전했다.

시단코로 이어지는 원유 파이프라인을 통해서 정제된 휘발유와 경유, 그리고 고순도의 석유화학 제품들이 생산된다.

시단코는 룩오일NY에 인수된 이후부터 현대화 시설로의

교체 작업과 직원들의 복지 시설에도 상당한 투자가 이루어졌다.

지금까지 24억 달러의 투자가 진행되었고, 오늘 또다시 37억 달러의 대규모 투자가 이루어진 것이다.

착공식이 끝나고 나자 키리엔코 대통령은 직원들을 격려하고 함께 공장 구내식당에서 식사하는 모습을 보여주었다.

키리엔코 대통령은 흉물스럽게 보였던 옛 정유 공장의 모습이 현대화된 최신 시설로 탈바꿈한 것을 기적이라고 표현할 정도로 시단코의 변신을 칭찬했다.

키리엔코 대통령은 시단코의 옛 모습을 알고 있었다.

그는 회사 관계자의 설명을 듣는 자리에서 룩오일NY가 진행하는 모든 사업에 적극적으로 협조하라는 말을 함께한 관리들에게 강하게 주문했다.

러시아의 새로운 변신이 정부 주도로는 할 수 없다는 것을 키리엔코 대통령은 잘 알고 있었다.

Chapter 10

Chapter 10

　인간은 자신이 하는 일에 의미를 부여하려는 성향이 강하다.

　자신의 행동에 가치와 목적을 두게 되면 일반적인 경제적 이해관계로는 해석하기 어려운 수준의 강력한 에너지를 발산하게 된다.

　기업의 리더들은 이러한 에너지를 발산하게끔 가치와 의미를 부여할 수 있는 여건을 만들어주어야만 조직이 탄탄해지고 한 방향으로 힘을 쏟을 수 있다.

　회사가 커지고 조직이 확대될수록 기업을 이끄는 오너의 힘만으로는 회사를 이끌어갈 수 없기 때문이다.

이러한 관점에서 닉스홀딩스와 룩오일NY는 그룹을 구성하는 기업들과 그 속에 포함되어 있는 구성원들에 대한 교육에 상당한 투자를 진행하고 있었다.

보여주기식의 단순한 교육이나 일회성 이벤트로 끝나는 교육이 절대 아니었다.

글로벌 경제 전쟁이 벌어지는 상황에서 일선에서 싸우는 조직원들이 녹슨 칼과 부서진 방패를 들고 싸울 수는 없기 때문이다.

룩오일NY와 닉스홀딩스 산하에는 업종별 교육 센터가 마련되어 직원들에 대한 다양한 교육을 진행하고 있었다.

일반 대학보다도 더욱 체계적이고 실용적인 교육과 강의를 진행했다.

강사진들도 그 분야 최고의 권위를 가진 인물들을 섭외하여 최신 정보와 기술 동향을 제공했다.

미국에서 근무하는 직원들은 현지 대학과 연계하여 교육을 진행했다.

"후우! 강의가 수준이 높으니까 힘드네."

"잘 들어둬, 어디 가서 들을 수 없는 강의잖아."

커리큘럼은 인문 강의부터 최첨단 기술 동향까지 이어서 열

흘 동안 진행된다.

국내 강사도 있었지만, 외국 저널에서나 볼 수 있는 유명 학자들도 적지 않았다.

일반적인 강의보다는 학술 토론처럼 다양한 질문과 답이 오가는 형식이었다.

"그래야지. 제대로 된 평가서를 제출하려면 잘 들어야 하니까."

강의마다 강사에 대한 평가서를 제출해야만 했다.

강의에 대한 핵심을 파악하지 못하면 강사에 대해 평가를 할 수 없었고, 평가서의 내용을 토대로 강의를 듣는 직원들과 강사를 평가했다.

평가가 좋지 않은 강사는 다음 커리큘럼에 초대되지 않았다.

한편으로 평가서를 제대로 쓰지 못하는 직원들은 교육의 기회가 줄어든다.

1년에 두 번 있는 교육 기간을 잘 이수한 직원들에게는 승진과 해외 연수에 대한 기회가 더 주어졌다.

교육 센터에서는 일반 강의보다 2~3배나 높은 강의료를 강사들에게 지급하고 있었다.

어느 순간부터 닉스홀딩스 교육 센터와 룩오일NY의 교육 센터에 초대되거나 출강하는 강사들은 외부에서도 높게 평가

되고 있었다.

일반적인 말장난과 순간 반짝이는 유명세를 지닌 인물들은
초대되지 않았다.

"정보 통신 기술의 발달은 우리가 알지 못하는 미지의 세계
를 더욱 빠르게 열어주는 열쇠입니다. 한국 정부가 추진하는
초고속 인터넷망 건설 또한 우리의 일상생활을 획기적으로 변
화시키는 시발점으로… 인터넷을 통해 사이버 증권 거래 시스
템을 구축하여 시간과 장소에 구애받지 않고 주식시세를 열
람하고 주문 입력과 체결 확인을……."

열정적으로 강의를 진행하는 소프트뱅크사의 손정의 대표
는 미래의 정보 통신 기술과 인터넷에 관해 이야기를 펼치고
있었다.

소프트뱅크사는 한국에 사이버 전문 증권사를 설립하려고
움직이고 있었다.

이를 위해 미국 인터넷 증권사인 E트레이드에 4억 달러를
투자하여 21.5%의 지분을 인수했다.

현재 인터넷을 통해 주식을 사고팔 수 있는 서비스를 제공
하는 국내 증권회사는 8개에 불과했고, 각 증권회사에서 제
공하는 전용 소프트웨어를 따로 설치해야만 가능했다.

문제는 거래수수료도 증권사 대리점과 같았고, 인터넷 속도
문제로 실시간 거래가 쉽지 않았다.

　　　　　*　　　　　*　　　　　*

　크렘린궁전과 붉은광장이 한눈에 내려다보이는 곳에 자리
잡은 닉스살루트호텔에는 고급 카지노를 개장하기 위한 작업
이 한창이었다.

　모스크바의 호텔 중 카지노를 갖춘 호텔은 손에 꼽았고 몇
년간 허가가 나오지 않았다.

　모스크바의 심장이라고 할 수 있는 위치에 자리 잡은 닉스
살루트호텔에 카지노 설립이 허가된 것은 보통 특혜가 아니었
다.

　"호텔이 정말 아름다워."

　"내부 장식들에 무척 신경을 썼거든. 이쪽에서 붉은광장을
바라보는 전망이 기가 막히지."

　카지노에서 게임을 즐기면서 붉은광장을 가까이에서 바라
볼 수 있었다.

　VIP실 전면은 통유리로 일체의 막힘없이 외부의 광경을 바
라볼 수 있었다.

　물론 외부에서는 내부를 볼 수 없었다.

　"이야! 멋지다. 원래 카지노는 외부 창이 없잖아?"

"그래, 맞아. 이곳 VIP실에서만 볼 수 있는 광경이지. 이곳은 미화로 10만 달러 이상을 소지한 사람만 출입이 가능해."

"게임을 하면서 크렘린 궁전을 바라보면 특별한 경험이 될 것 같은데."

"어디에서도 경험 못 하는 특별한 경험이지. 이곳을 통해서 적지 않은 달러를 벌어들이게 될 거야. 러시아는 달러가 많이 필요하거든."

외국 관광객을 대상으로 하는 카지노 개설은 내국인은 절대 출입이 금지된다.

이권 사업에 눈이 밝은 마피아들도 마찬가지다.

코사크가 보안을 책임지고 있어서 안전에는 문제없었다.

"돈을 많이 벌었다고 들었는데, 아직도 모자라는 거야?"

"기업을 운영하는 데는 부족함이 없어. 하지만 나라를 움직이고 세상을 바꾸려고 할 때는 많이 부족하지."

"이야! 이 나라를 바꾸는 것도 모자라서 세상을 변화시킨다. 정말 오빠가 품고 있는 꿈이 점점 커지는 것 같아. 이러다가 지구를 정복한다고 나올까 봐 무섭다."

짧은 감탄사를 내뱉는 가인이는 러시아에서 내가 가지고 있는 영향력과 힘이 얼마나 대단한지를 어느 정도는 알고 있었다.

"하하하! 걱정하지 마, 지구 정복에는 관심 없으니까. 내가 책임져야 할 사람들과 그 가족들이 지금보다는 좋은 세상에서 살았으면 하는 바람에서 일을 하는 거니까. 그렇게 하려니까 바꿔야 할 것이 너무 많아졌을 뿐이야."

"정말 지금보다 좋아질 수 있을까?"

IMF 관리 체제 아래에 있는 한국의 실정을 가인은 몸소 체험하고 있었다.

수많은 사람들이 평생직장에서 쫓겨나고, 삶의 터전이 망가져 버린 한국은 다시금 일어서기 위해 발버둥 치고 있었다.

"쉽지는 않겠지만, 가능성을 가지고 나아가야지. 우선은 러시아와 한국이 지금보다 강해져야만 해."

"꼭 그랬으면 좋겠어. 예전처럼 사람들이 웃는 일이 많아지도록 말이야."

"그래, 웃는 날이 많아지도록 할게."

나를 향해 미소를 짓는 가인의 손을 잡고서 붉은광장을 바라보았다.

러시아를 교두보 삼아 이스트 세력에게 대항해야만 했다.

그러기 위해서는 러시아나 한국이 난공불락의 요새처럼 든든하게 버텨주어야만 그들을 공격할 수 있었다.

*　　　　*　　　　*

신의주특별행정구에 위치한 닉스정유와 닉스케미컬에서 생산된 제품들이 수송 차량과 화물 기차를 통해서 중국으로 향했다.

매일 단둥역을 지나 중국으로 향하는 두 회사의 제품들은 동북3성은 물론 베이징과 톈진, 그리고 창저우까지 들어간다.

고품질의 정제유와 석유화학 제품들은 품질이나 가격 측면에서 다른 어떤 회사보다도 뛰어났다.

중국 내 회사에서 만든 제품들과 같은 혜택을 받는 상황에서 닉스정유와 닉스케미컬에 맞설 회사는 사실상 중국에는 없었다.

이는 룩오일NY Inc에서 파이프라인으로 공급되는 원유의 가격경쟁력 때문이다.

닉스정유는 원유를 정제한 후 약 50%를 차지하는 저가 벙커C유를 재처리하는 고도화 설비를 갖추었다. 이를 지상유전으로 부른다.

고도화 시설인 RFCC(Residue Fluid Catalytic Cracker) 공정을 통해 벙커C유 재처리 과정에서 에탄, 프로판, 프로필렌과 같은 가스들을 생산한다.

닉스정유에서 개발한 C3 스플리터 공정을 통해 혼합 상태의 가스에 높은 압력을 가해 99.7% 순도의 액상 프로필렌을 분리해 내어 폴리프로필렌을 만들어서, 중국과 러시아에 전량 수출하고 있었다.

고도화 공정을 거친 석유 제품은 단순 증류 공정을 거친 제품보다 몇 배는 비쌌다.

신의주특별행정구 내 회의실에는 닉스홀딩스 주요 대표들이 모여 중국 수출 관련 회의를 열었다.

"특수 산업재용 합성수지의 주문은 계속 늘고 있습니다만 지금의 생산량으로는 감당할 수 없습니다."

닉스케미컬 정현권 대표의 말이었다.

닉스케미컬은 국내 한화와 삼성종합화학을 연달아 인수하여 합병했다.

인수·합병 후 연구 개발에 더욱 투자를 진행했고 노후 설비와 잉여 인력에 대한 구조 조정을 끝마쳤다.

그 결과 새로운 고부가가치의 합성수지들을 개발하여 작년보다 90% 이상 매출이 늘었다.

"중국 쪽 수요가 지난해보다 80% 이상 늘었고, 러시아와 동유럽 쪽의 수출도 크게 늘어났습니다. 상대적으로 동남아시아의 수요는 작년보다 15% 정도 줄었습니다."

"중국과 러시아 시장은 더욱 확대될 것입니다. 국내 시장을 통합한 것이 경쟁력을 더욱 높일 수 있었습니다. 회장님의 말씀처럼 우린 고부가가치의 제품들을 지속적으로 개발해 경쟁사들을 따돌려야 합니다. 더욱이 중국 정부가 본격적으로 중화학공업에 투자하기 이전에 시장 장악력을 더욱 확대해야 합니다."

닉스정유의 홍동욱 대표가 발언했다.

중국은 점차 국영기업들을 통해서 본격적으로 핵심 기술을 필요로 하는 제조업과 중화학공업 등에 투자하려는 움직임을 보였다.

노동집약적 산업구조에서 벗어나 기술집약적 핵심 제조업을 육성하여 한국처럼 제조업 강국이 되려는 것이다.

하지만 이러한 중국의 움직임을 룩오일NY와 닉스홀딩스는 절대 허락하지 않을 것이다.

"중국이 저희를 따라잡으려면 적게 잡아도 7~8년은 걸릴 것입니다. 우리가 멈춰 있다는 가정 아래에서 말입니다."

닉스 정유의 최성태 기술이사의 말이었다.

"중국의 무서운 점은 정부 보조금을 무한대로 끌어다 쓸 수 있다는 것입니다. 또 하나, 한국의 어려운 경제 상황을 이용한 기술 유출과 전문 엔지니어를 스카우트하여 기술 축적을 해나가고 있다는 것이 문제입니다. 우리만 조심한다고 해서 될 문제가 아닙니다."

닉스홀딩스 경제연구원 김선범 원장의 이야기였다.

"김 원장님의 말에 전적으로 동의합니다. 회장님께서도 2천

년대를 기점으로 국내 주요 제조업체들이 지닌 기술력을 중국 업체들이 상당수 흡수할 것이라고 이야기하셨습니다. 아직 일본의 기술력에 한참 뒤처져 있는 한국의 기술력이 중국에 따라잡힌다면 이 나라는 지금보다도 힘들어질 수 있습니다. 중국이 따라올 수 없는 첨단 기술력 확보와 시장 장악력을 더욱 키우고 확대해야만 합니다. 이것이 닉스홀딩스가 나아갈 목표이자 비전입니다."

닉스홀딩스 김동진 비서실장의 말이었다.

김동진 비서실장은 평소 나와 많은 이야기를 주고받았고 앞으로 벌어질 일들에 대한 이야기들도 어느 정도 말해주었다.

닉스홀딩스가 나아갈 청사진과 비전은 중국과 일본을 경제적으로 복속시키는 것이었다.

동아시아 경제의 맹주로서 한국이 우뚝 서야지만 웨스트를 상대할 수 있다.

그러기 위해터서는 한국과 러시아 두 나라의 경제가 하루빨리 회복되어야만 한다.

*   *   *

시단코의 투자에 이어서 도시락이 러시아 제2 도시인 상트페테르부르크에 제2 공장 착공식을 가졌다.

그리고 한 주 뒤, 우크라이나의 수도 키예프에서도 도시락 제3 공장 착공식을 거행했다.

제2 공장과 제3 공장을 동시에 착공하여 러시아와 독립국가연합에 부족한 공급량을 확대할 예정이다.

동유럽에서도 도시락 라면의 인기가 올라가는 상황이라 공장 확대는 필수적이었다.

기존의 모스크바 공장을 증설해 생산량을 늘리는 것도 한계에 봉착한 상태다.

도시락은 러시아와 독립국가연합에서 최고의 인기 상품이다.

맛도 인정을 받았지만, 도시락이 현지에서 그동안 해오던 일관적인 선행들로 인해서 러시아 국민의 사랑을 듬뿍 받는 국민 식품 회사로 올라섰다.

도시락은 러시아 진출 이후 현지 고아원과 양로원들에 정기적인 후원뿐만 아니라 가난한 학생들에게 장학금을 지급하는 일들을 꾸준히 해오고 있었다.

여기에 다른 식품 회사들과 달리 가격 상승을 최대한 억제하고 고용을 늘리는 정책을 펼쳤다.

경제가 어려울 때마다 러시아에서 철수하던 외국계 회사들과 달리, 굳건하게 자리를 지키며 러시아 국민의 식탁을 책임진 도시락과 도시락마트가 없었다면 러시아 물가는 천정부지로 솟구쳤을 것이다.

현재 도시락에서 생산하는 품목은 라면뿐만 아니라 각종 소스류와 과자류로 확대되었다.

도시락에서 생산되는 식료품들은 맛은 기본이고 양도 풍족하게 제공되었기 때문에 해마다 러시아 국민이 가장 사랑하는 식료품 회사로 선정되었다.

이제는 그 어떤 식품 회사들보다도 뛰어난 경쟁력과 충성도를 갖춘 회사로 성장했다.

─도시락에서 투자하는 제2 공장은 최첨단 시설로서 라면 생산과 함께 식용유 공급도 이루어질 예정입니다. 5억 2천만 달러가 투자되는 도시락 공장이 완공되면 상트페테르부르크에서 가장 큰 식료품 공장이 될 것입니다. 공장 착공식에는 프리마코프 연방총리를 비롯한…….

모스크바방송은 도시락 제2 공장의 착공식 모습을 전하며 도시락이 러시아에서 얼마나 중요한 식료품 회사인지를 자세히 전달했다.

도시락은 러시아와 중국을 발판 삼아 세계적인 식품 회사로 발돋움하려는 중이었다.

"모스크바와 상트페테르부르크에 동시에 매장을 가져갈 예정입니다."

닉스커피를 이끄는 고영환 대표가 모스크바를 찾았다.

북미와 동아시아에서 성공적인 모습을 보여주고 있는 닉스커피가 러시아에도 진출하려는 것이다.

직접적인 유럽 진출보다는 러시아와 동유럽으로 통해서 서유럽으로의 점진적인 확대 전략을 펼치기로 했다.

"매장 수는 얼마나 가져갈 생각이십니까?"

"우선 내년 2월까지 모스크바에 4개, 상트페테르부르크에 2개를 오픈할 계획입니다. 여름쯤에는 다른 도시들에도 매장이 개설될 것입니다."

러시아의 치안이 코사크를 통해 안정되자 외국인 관광객들이 빠르게 늘고 있었다.

여기에 관광객을 처음으로 맞아들이는 공항과 항만, 그리고 교통을 담당하는 공무원들의 불법적인 행위에 대해 강력한 제재와 단속이 이루어지고 있었다.

"러시아가 눈에 보일 정도로 달라지고 있습니다. 국민들의 소득도 늘어나고 있고, 관광객들의 방문도 많아지고 있습니다. 충분히 닉스커피가 자리 잡을 수 있는 여건이 마련되었습니다."

"회장님 말씀처럼 이전 방문 때와 달리 공항도 그렇고 도로도 많이 정비된 모습이었습니다. 공항 직원들도 무척 친절하던데요."

러시아의 첫 관문인 공항과 공항에 머무는 택시들의 악명이 높았었다.

그러나 이제는 모든 것이 달라진 상황이었다.

뇌물을 받은 직원들과 강압적이고 위협적인 모습을 상습적으로 보인 공항 직원들 대부분이 교체되었다.

공항 택시를 장악했던 마피아들도 택시 사업에서 손을 떼었다.

"이젠 미국의 공항보다 친절할 것입니다. 모든 걸 한꺼번에 처리할 수는 없지만, 러시아는 분명 달라지고 있습니다. 러시아의 경제가 살아날 수 있도록 닉스커피를 비롯한 닉스홀딩스의 전 계열사가 함께 힘을 써야 합니다."

"닉스홀딩스에 있어서 러시아가 중요한 위치에 있는 것 같습니다."

닉스커피에 매달리고 있는 고영환 대표는 닉스홀딩스가 진행하는 전반적인 계획에 대해서는 모두 알지 못했다.

"예, 아주 중요한 위치에 있습니다. 러시아와 한국이 빨리 경제적인 어려움을 극복해야만, 닉스홀딩스가 더욱 뻗어나갈 수 있습니다. 현재는 도시락과 닉스E&C가 주도적으로 움직이고 있지만, 닉스와 닉스커피도 러시아에 대한 투자를 확대해야 할 것입니다."

"회장님이 진행하시는 일에는 항상 큰 뜻이 있는 것 같습니다. 닉스커피도 최선을 다해서 러시아에서 큰 성과를 내겠습니다."

"내표님께서 그리 말씀하시니, 든든합니다. 미국에서의 매출이 전년보다 150%나 성장한 것은 정말 고무적이었습니다."

닉스커피의 매출은 놀라울 정도로 빠르게 늘어나고 있었다.

문어발식의 매장 설립을 진행하지도 않은 상황에서 지속적인 성장세는 미국 현지에서도 놀라는 모습이었다.

이 때문에 닉스커피에 투자하겠다는 문의가 줄을 이었다.

미국 증시에 상장된다는 것을 기정사실로 받아들였기 때문이다.

"경쟁 업체였던 스타벅스가 연이어 자충수를 두었던 것이 닉스커피에 유리한 쪽으로 반영되었습니다."

닉스커피의 빠른 성장에 놀란 스타벅스는 작년과 올해 무리할 정도로 매장 수를 늘렸다.

철저하게 매장 입지를 고려하고 직원들의 교육이 갖추어진 상황에서 매장을 개점하는 닉스커피와는 상반된 전략이었다.

현재 공격적인 매장 오픈을 진행하던 스타벅스는 적자를 내는 매장이 늘어나고, 직원들의 인종차별적인 대응이 발생하자 큰 곤욕을 치르고 있었다.

"스타벅스의 자충수도 있었지만, 고영환 대표님의 뛰어난 경영 능력 덕분입니다. 커피를 진정 사랑하는 사람만이 할 수 있는 일이지요."

"하하하! 회장님이 절 너무 높게 평가하십니다. 회장님께서 적극적으로 도와주시지 않았다면 결단코 이루어질 수 없는 일입니다. 닉스커피의 성공은 회장님의 선견지명 덕분입니다."

"하하하! 결국, 서로를 칭찬할 수밖에 없다는 말이네요. 앞으로도 계속 칭찬하는 일만 해야겠습니다."

"하하하! 그럴 수 있도록 더욱 노력하겠습니다."

닉스를 이끄는 한광민 대표처럼 닉스커피를 책임지고 있는 고영환 대표와도 죽이 잘 맞았다.

성공에 도취하지 않고 겸손한 자세로 늘 최선을 다하는 고영환 대표의 모습에서 많은 것을 배울 수 있었다.

Chapter 11

　모처럼 가인이와 닉스살루트호텔에서 한가한 저녁 시간을 가졌다.

　새롭게 조명을 설치한 붉은광장 주변은 저녁 시간에도 많은 사람들이 몰려나와 있었다.

　"휴! 하루에 몇 번이나 회의하는 거야? 힘들지 않아?"

　짧은 한숨 소리와 함께 대부분의 스케줄을 함께하는 가인이가 물었다.

　"평소보다 줄어든 거야. 네가 오기 전까지는 밤까지 회의가 이어졌다고."

"지겹지 않아?"

"후후! 지거울 때도 있지. 모든 일이 그렇잖아, 좋아서 하는 일도 어느 순간 일이 되면 지겨워지는 것처럼 말이야."

"그렇긴 하지만 오빠는 정말 대단한 것 같아. 그 많은 회의와 보고서들을 쉬지 않고 보고 있으니까. 한국에 있는 재벌 회장님들은 그렇지 않은 것 같은데 말이야."

가인이는 나와 함께하면서 내가 어떻게 일을 하는지를 옆에서 직접 지켜보았다.

룩오일NY의 계열사들은 물론이고, 닉스홀딩스 산하 기업들과 미국 닉스 현지 법인의 회사들까지 점검하고 지시를 내려야만 했다.

"모두가 그렇지는 않아. 출장지로 향하는 비행기 안에서도 보고서를 손에서 놓지 않는 경영자들도 적지 않지. 하지만 그렇게 노력해도 회사를 운영하기가 쉽지 않다는 거야."

"맞아, 누구나 오빠 같지는 않으니까. 그래서 더 대단해 보여. 학교에서 배웠던 어떤 경영 법칙에도 해당하지 않으니까. 자! 위대한 오빠를 위해."

티잉!

가인이는 와인 잔을 들어 내 잔에 부딪쳤다.

가인이의 말처럼 내가 이룩한 일들은 경영 법칙이나 말로 설명하기 힘들었다.

"계속 따라다닐 마음은 생겼어?"

난 가인이에게 전속 비서직을 제안했다. 내가 어딜 가든지 함께하는 일이었다.

언어적인 능력이 뛰어난 가인이는 영어와 중국어, 스페인어, 그리고 독일어를 할 줄 알았다. 러시아어도 어느 정도는 듣고 말할 수 있었다.

그런 가인이의 능력도 고려한 제안이었다.

"고민 중이야. 하지만 이런 식으로 바쁘게 일하면 떨어져 있나, 붙어 있나 매한가지인 것 같아."

"데이트를 하려는 것은 아니잖아. 함께한다는 것이 중요하지."

"알아. 그런데 혼자 계실 아빠도 마음에 걸려. 예인이가 있었다면 고민할 필요도 없었을 일인데."

아쉬운 눈빛을 보이는 가인이의 표정이 왠지 쓸쓸해 보였다.

최선을 다해 찾고 있었지만, 아직 예인이를 찾지 못했다. 무소식이 희소식이라는 말처럼 예인이가 무사하게 잘 지내고 있길 바랄 뿐이었다.

"그럼, 조금 더 고민해 봐."

난 그동안 일부러 예인이의 이야기를 꺼내지 않았다.

"그렇게. 오늘따라 크렘린궁전의 풍경이 더 멋진 것 같아."

가인이가 말을 끝낼 때쯤 창밖으로 눈송이들이 하나둘 떨이져 내렸다.

"첫눈이 내리는데."

"어! 정말. 눈이 오니까 더 분위기 있는데."

붉은광장의 야경에 비친 하얀 눈송이들은 마치 호두까기 인형에 나오는 아름다운 왈츠처럼 춤을 추고 있었다.

'첫눈이 오면 예인이도 늘 함께했었는데……'

첫눈이 내리는 날이면 언제나 우리 세 사람은 늘 함께 모여서 첫눈의 기쁨을 만끽했었다.

하지만 올해는 첫눈이 오는 날인데도 함께하지 못했다.

*　　　　*　　　　*

우당탕탕! 쿵!

우두둑! 컥!

"죽여!"

털썩!

요란한 소음과 함께 고함 소리가 사방에서 들렸다.

"크흐흐! 총이 아니면 날 막을 수가 없지."

한 층, 한 층 올라가면서 개미 떼처럼 덤벼드는 사내들을 상대하는 인물은 흑천의 홍무영 장로였다.

"놈을 막아!"

홍무영에게 쫓기듯이 위로 올라가는 한 인물이 부하들에게
소리쳤다.

그는 삼합회 조직 중 하나인 천도맹(天道盟)을 이끄는 양아
체였다.

밀림에서 요긴하게 쓰이는 정글도와 주방에서 쓰는 커다란
칼을 든 사내들이 양아체의 명령에 홍무영에게 달려들었다.

우두둑! 빠각!

크악! 아악!

하지만 홍무영에게 칼을 한번 휘두른 후에는 고통의 울부
짖음을 내뱉어내야만 했다.

이미 스무 명의 인물들이 바닥에 쓰러진 채 신음성을 내뱉
고 있었다.

양아체를 둘러싼 21명의 인물들은 지금의 상황이 믿어지지
않았다.

단 한 명에게 천도맹의 정예 조직원들이 무참하게 당한 것
이다. 권총을 꺼내 들던 인물은 독에 당했는지 얼굴이 검게
변하며 게거품을 물고 쓰러졌다.

"나에게 왜 이러는 거야? 너에게 섭섭하지 않게 대해줬잖
아."

옥상으로 몰린 양아체는 이를 갈며 말했다.

양아체는 홍무영 장로를 마카오로 끌어들인 인물 중 하나였다.

"다른 이유는 없어. 네 조직이 필요해서 말이야."

"욕심이 과하면 명을 재촉한다는 것을 모르지 않을 테지."

"후후! 네 앞에 서 있는 수수깡 같은 놈들을 믿고 떠드는 거라면 명이 끝나는 것은 네가 될 것이다."

"지금 이곳으로 1천 명의 조직원들이 달려오고 있다. 네가 아무리 강하다고는 하나 천 명을 상대할 수는 없을걸. 지금이라도 물러나는 것이 좋을 거야."

"으하하하! 천 명이 모이든 만 명이 모이든 달라지는 것은 없다. 오늘 네가 죽는다는 것은 말이야."

"놈을 죽여 버려! 저놈을 죽이면 백만 달러와 당주 지위를 주겠다!"

양아체가 분노 섞인 고함을 내지르자 그를 둘러쌌던 부하들이 소리를 지르며 홍무영에게 달려들었다.

"죽어!"

"와!"

그 순간 홍무영이 바닥을 차고 날아올랐다.

양아체의 경호가 느슨해진 틈을 노린 것이었다.

그에게 달려오는 15명의 인물들 머리 위를 날아가는 홍무영은 한 마리 새였다.

홍무영이 양아체가 서 있는 곳에 떨어져 내리는 순간, 양아체의 두 눈에는 지독한 공포가 피어올랐다.

                    *   *   *

뉴욕의 월스트리트는 거대한 폭풍이 쓸고 지나간 것처럼 금융 이재민들을 수없이 발생시켰다.

투자은행과 대형 펀드사에서 운용 중이던 1,125개의 헤지펀드 중 3분의 1이 거래가 중단되었고, 3분의 1이 문을 닫았다.

헤지펀드에서 발생한 재난의 여파는 주식과 선물 시장을 강타했고, 곤두박질한 시장은 수많은 파산자를 양산했다.

거대한 증권사도, 은행도 감당할 수 없는 연속된 재난으로 실물시장에 이어 부동산 시장마저 흔들어놓았다.

공포가 시장을 뒤덮자 미국 정부와 연방준비은행이 발 빠르게 움직였지만, 폭풍에 휩쓸린 금융 이재민들을 모두 구조할 수는 없었다.

"크! 놈들이 우릴 배신했어."

베어스턴스의 공동대표 중 하나인 스펙터가 머리를 감싸며 말했다.

세계 3대 신용 평가사 중 하나인 무디스가 베어스턴스의 신용 등급을 전격적으로 강등했기 때문이다.

이 조치로 인해 베어스턴스의 주가가 하루 동안 15%나 폭락했다.

"왜 우리가 희생양이 되어야 합니까? 우리보다 손실이 크게 발생한 메릴린치와 살로몬 스미스 바니도 있는데 말입니다."

베어스턴스의 최고 재무관리자인 샘 모리나가 강하게 반발했다.

메릴린치는 총자산이 1조 달러에 달하는 월가 최대 증권사다. 전 세계 45개국에서 지점을 운영하고 5만 명에 달하는 직원을 거느리고 있었다.

살로몬 스미스 바니는 골드만삭스와 함께 한국 정부의 자문역을 맡고 있는 증권사로 전 세계 23국에 33개 지점을 두고 있다.

글로벌 자산 운용과 기업 인수·합병에 강점을 지닌 금융회사다.

"후우! 지혜의 전당에서 결정한 일이라고 하더군. 하지만 내 생각은 우리가 로열 마스터에 속하기 때문이야."

공동대표이자 최고운영책임자인 앨런 슈워츠가 크게 한숨을 쉬며 말했다.

"슈워츠의 말이 맞아. 지금 우리만 엄청난 공매도에 시달리고 있잖아. 어떤 놈들이 공매도를 때리는지 알아야 해."

베어스턴스의 주가를 더욱 떨어뜨리고 있는 것은 엄청난 공매도 물량 때문이기도 했다.

"마치 잘 짜인 시나리오처럼 움직이고 있습니다. 파리바뱅크와 도이체방크가 마진 콜(추가 증거금)을 요구하자마자 시장에서는 흉흉한 소문이 돌기 시작했고, CNBC에서는 기다렸다는 듯이 우리에게 불리한 뉴스를 내보냈습니다."

모리나의 말처럼 월가의 트레이더들을 중심으로 베어스턴스가 유동성 부족 사태에 빠졌다는 이야기가 빠르게 퍼졌다.

이와 함께 유럽계 투자은행들이 베어스턴스에 마진 콜을 요구했다.

문제는 베어스턴스의 대변인인 러셀 셔먼이 유동성 문제에 대한 질문에 적극적인 해명이나 답변을 하지 않은 채 뜬소문으로 취급하는 뉘앙스를 풍겼다는 것이다.

적극적인 해명이나 문제의 소지가 없다는 근거를 기대하던 사람들에게 이례적으로 루머로만 취급하는 베어스턴스 경영진의 모습은 투자자들에게 문제가 있다는 것으로 받아들여졌다.

눈치가 빠른 투자자 중 일부는 베어스턴스에서 자금을 인출하고 주식을 팔았다.

"CNBC를 비롯한 놈들 모두가 한통속이 되었어. 내일이라도 적극적으로 해명해야 해. 베어스턴스는 이대로 무너질 수 없어."

공동대표인 스펙터는 결연한 표정으로 말했다.

미국 최대 경제 방송사인 CNBC는 경제와 금융 전문 채널이다.

경제 언론의 최강자가 블룸버그라면 경제 방송의 최강자는 CNBC로 경제와 산업 전반의 모든 분야를 다룬다.

"현재 현금은 얼마나 있지?"

"16억 달러 정도입니다."

"좋아, 현금 자산이 충분하다고 당장 발표해. 놈들에게 우리가 건재하다고 강하게 말해야 해."

최고 재무관리자인 모리나의 말에 스펙터는 주먹을 불끈 쥐며 말했다.

"내가 기자회견을 하도록 하지. 자금 인출만 줄어든다면 충분히 승산이 있어."

늘어나고 있는 자금 인출 사태가 진정되고 떨어지는 주가가 안정된다면, 거래 중단을 통보하고 있는 은행과 증권사들의 움직임도 달라질 수 있었다.

베어스턴스는 능력과 실적을 중시하는 기업 문화를 갖고

있었다.

인종이나 가정환경, 그리고 배경과 관계없이 능력 있는 사람들이 출세할 수 있는 이상적인 직장으로 통했다.

이런 기업 문화와 공격적인 확장 전략 덕택에 이들은 대형 투자은행으로 성장했다.

베어스턴스의 아침 금융 분석 보고서는 월가에서 가장 인기 있는 보고서로 꼽혔었다.

*　　　　*　　　　*

다음 날, 뉴욕 맨해튼에 위치한 베어스턴스 본사 빌딩에 기자들이 모여들었다.

베어스턴스가 공식 기자회견을 열었기 때문이다.

그동안 유동성 문제에 대해 회사 차원의 적극적인 해명보다 소극적인 형태와 무대응을 보였던 것과는 다른 모습이었다.

베어스턴스의 공동대표이자 최고운영책임자인 앨런 슈워츠가 여유로운 모습으로 기자회견장에 나타났다.

"인터넷상에서 퍼진 악의적인 루머는 베어스턴스를 공격하기 위해서 누군가가 조작한 것입니다. 베어스턴스는 시장에서의 우려와는 달리 유동성이 풍부합니다. 시장 상황에 대응할 수 있는 충분한 현금 자산을 가지고 있으며……."

베어스턴스의 공동대표인 슈워츠가 공식적인 발표를 끝내고 회견장을 내려오려고 할 때였다.

앞에 있던 기자 하나가 재빨리 질문을 던졌다.

"정확히 현금을 얼마나 가지고 있습니까?"

"하하하! 현금 규모만 16억 달러입니다. 다시 한번 말씀드리지만, 유동성이 부족하다는 것은 다 헛소문에 불과합니다."

활짝 웃는 슈워츠는 흰 이를 드러내며 말했다.

자신감 넘치는 모습으로 카메라를 향해 주먹을 불끈 쥔 그의 모습을 향해 사진기자들은 열심히 셔터를 눌렀다.

하지만 기자회견장에 모습을 보였던 투자자들은 어디론가 전화를 하기에 바빴다.

앨런 슈워츠의 위기를 일축하는 공식적인 발표가 있자마자 베어스턴스의 주가가 상승하기 시작했다.

베어스턴스가 원하던 그림이 그려지는 것처럼 보였다.

*   *   *

오후 1시가 넘어서는 시간부터 베어스턴스은행에 고액의 투자금을 맡겼던 고객들이 몰려들었다.

"전액 현금으로 인출해 주십시오."

"스미스 씨, 현금을 인출하는 이유를 여쭈어봐도 되겠습니까?"

베어스턴스은행 창고 직원은 애써 침착한 표정을 지으며 물었다.

"내 돈을 안전한 은행으로 옮기려고 합니다."

3백만 달러를 찾으려는 사내는 단호하게 말했다.

"저희 은행이 안전하지 않다는 말입니까?"

담당 직원은 당황한 듯 따지듯이 물었다.

"현금이 고작 16억 달러밖에 없는 은행을 누가 믿겠소. 시간이 없으니까, 빨리 내주시오."

직원을 재촉하는 사내는 은행 벽에 걸린 시계를 보며 말했다.

그가 앉아 있는 은행 창고 옆으로도, VIP 고객들로 분류되던 사람들이 돈을 찾고 있었다.

베어스턴스는 오후가 되자 현금 인출이 급격히 늘어났고, 은행 업무가 끝나갈 무렵에는 베어스턴스의 현금이 순식간에 증발해 버렸다.

앨런 슈워츠의 발언은 투자자와 거래자들에게 아직 뺄 수 있는 자금이 베어스턴스에 남아 있다는 것을 알려주는 일이 되었고, 이에 따른 뱅크런이 가속된 것이다.

더구나 베어스턴스의 공식 발표 다음 날은 30억 달러의 환매조건부채권 매수 만기가 돌아오는 날이었다.

이를 매수하기 위해서는 30억 달러의 자금이 필요했다.

그러나 베어스턴스는 모든 현금이 바닥나고 말았다.

Chapter 12

소빈뱅크에 의한 베어스턴스의 인수가 확정되었다.

월가의 5대 투자은행 중의 하나인 베어스턴스가 소빈뱅크에 인수되었다는 소식은 세계 금융가의 큰 충격과 놀라움을 가져왔다.

어려운 경제 상황에 부닥친 러시아의 은행인 소빈뱅크가 세계적인 투자은행을 인수했다는 것은 아이러니였다.

러시아에서도 두각을 나타내지 못했던 소빈뱅크가 5년 만에 거대한 고래인 베어스턴스를 삼킨 것에 대해 세계의 언론들은 관심을 집중했다.

사실 그동안 소빈뱅크에 대해 크게 알려진 것이 없었다.

소빈뱅크가 드러나지 않게 움직인 것도 있었지만, 월가에서 소빈뱅크에 대해 큰 관심을 두지 않았기 때문이다.

소빈뱅크는 영국 파운드화 사태와 동남아시아에서 출발한 외환 위기를 통해서 상당한 이익을 얻었다.

여기에 녹아웃 옵션을 통해서 일본 기업과 금융기관들에서 엄청난 이익을 남겼다.

더 나아가 일본 중앙은행을 상대로 한 환율 전쟁에서도 승리했다.

이 과정에서 소빈뱅크는 미국의 헤지펀드와의 동맹도 마다치 않았다.

그리고 러시아의 모라토리엄 선언 이후 엔화를 두고 벌어진 헤지펀드들과의 환율 전쟁에서 승리했다.

룩오일NY와 닉스홀딩스의 모든 것을 걸고서 벌어진 싸움이었고, 이 싸움을 통해서 소빈뱅크는 천문학적인 돈을 벌어들였다.

그리고 이어진 미국 증시와 세계 증시의 폭락을 통해서도 막대한 이익이 발생했다.

특히나 유동성 위기에 빠진 미국 투자은행들에 대한 공매도를 통해서 이익을 극대화했다.

역사적으로 베어스턴스는 2008년 리먼 브라더스 사태를 통해 JP모건체이스가 헐값에 인수한다.

소빈뱅크의 베어스턴스 인수는 10년을 앞당긴 일이 되었다.

"베어스턴스가 투자했던 칼라일캐피탈과 펠로톤파트너스, 그리고 드레이크매니지먼트가 이번 사태로 인해 큰 손실을 발생시켰습니다. 세 곳의 헤지펀드 모두 청산 절차에 들어갔습니다. 여기에 베어스턴스가 자체적으로 운영하던 헤지펀드들도 큰 손실을 발생시켰습니다. 베어스턴스가 운영하던 2개 헤지펀드의 자기 자본 대비 레버리지 비율이 45배와 100배였습니다. 여기에 3백억 달러에 리포 105(Repo 105) 매매 부실 또한……."

월가 5대 투자은행인 베어스턴스가 무너진 이유에 대한 보고였다.

보통 헤지펀드는 5~10%의 증거금으로 10~20배의 투자 수익을 거두는 레버리지 효과를 주로 사용한다.

문제는 베어스턴스의 레버리지 비율이 현격히 높았다.

리포 105는 일종의 환매조건부채권 매매로, 현금 100달러를 빌리면서 105달러 상당의 채권을 담보로 제공한다고 해서 붙여진 별칭이다.

환매조건부채권은 금융기관이 일정 기간 후에 다시 사는 조건으로 채권을 팔고, 경과 기간에 따라 소정의 이자를 붙여

되사는 채권이다.

"베어스턴스의 주가를 공매도한 상태에서 베어스턴스의 신용 경색 소문을 인위적으로 퍼뜨린 흔적이 있었습니다. 여기에 무디스가 신용 등급을 강등한 것이 결정적인 역할을 해주었습니다."

소빈뱅크 은행장인 이고르의 말이었다.

무디스를 선두로 해서 세계 3대 신용 평가사가 베어스턴스의 신용 등급을 강등했다.

이것은 곧 외부에서 새로운 자금을 수혈할 수 없게 되는 일이었다. 더구나 베어스턴스의 부적절한 대응과 언론이 위기설을 집중 조명한 것이 사태를 더욱 키웠다.

"우리와 함께 공매도를 진행한 곳이 어디지?"

"지금까지 파악된 곳은 골드만삭스와 크레디 스위스, 그리고 도이체방크입니다. 175달러부터 50달러까지 공매도가 진행되었습니다."

소빈뱅크 뉴욕 지점을 맡고 있는 데이비드 최의 말이었다.

합병이 마무리되면 미국의 소빈뱅크는 소빈베어스턴스로 이름을 바꾸어 운영된다.

"조금이라도 약한 모습을 보이면 그대로 달려드는 약육강식의 세계와 전혀 다를 바가 없어. 그 때문에 베어스턴스를 인수할 수 있게 되었지만 말이야."

기업이나 국가의 신용 등급이 하락하면 기업의 자본 조달 비용이 증가한다.

주가가 하락하면 기업은 헤지펀드나 핫머니의 경영권 공격을 막아야 하는 부담까지 추가된다.

일본 엔화를 두고 벌인 환율 전쟁에서 손해가 발생한 헤지펀드와 투자은행들은 자신들의 손해를 어떻게 하든지 만회하려고 했다.

이들은 배고픈 이리 떼처럼 이익을 볼 수 있는 상황을 마련하기 위해 수단과 방법을 가리지 않고 먹잇감을 찾아 사냥했다.

그들은 약점을 내보인 베어스턴스를 집요하게 공격했고, 결국 이익을 발생시켰다.

여기에 베어스턴스 경영진의 안일한 대응과 대처가 위기를 더욱 키우고 말았다.

*　　　　*　　　　*

베어스턴스의 인수는 예상했던 가격보다도 훨씬 저렴한 15억 달러에 결정되었다.

뉴욕 맨해튼 매디슨가의 동쪽 46번가와 47번가 사이에 있는 베어스턴스 47층 본사 건물 가격만 8억 달러가 넘었다.

주당 10달러 선에서 결정된 베어스턴스의 인수 가격은 주식 시장에서 최종 거래된 30달러보다 세 배나 저렴한 가격이다.

이러한 가격 결정은 베어스턴스의 인수가 늦어지면 그 파장이 더욱 커질 것을 염려한 미국 재무부와 연방준비은행(FRB)의 강력한 의지 때문이었다.

헤지펀드 처리에 앞서 부실화가 급속히 이루어진 투자은행인 베어스턴스의 처리를 먼저 진행한 것이다.

자칫 베어스턴스의 처리가 늦어지면 연쇄적으로 다른 투자은행과 증권사가 위험해 처할 수 있는 상황이었기 때문이다.

시장에는 미국 최대 증권사인 메릴린치와 살로먼 스미스 바니 그리고 리먼 브라더스까지 위험하다는 소문이 퍼지고 있었다.

베어스턴스의 경영진과 주주들의 반발에도 소빈뱅크의 인수·합병을 서두른 배경이다.

FRB는 베어스턴스의 부실 자산 처리를 위해서 소빈뱅크에 215억 달러를 지원하는 대가로 선별적 우량 자산 인수가 아닌 베어스턴스 전체 사업을 떠안기로 했다.

소빈뱅크가 어떻게 베어스턴스의 부실 자산을 처리하느냐에 따라서 FRB가 지원하는 자금보다 더 들어가거나 줄어들 수 있었다.

소빈뱅크는 베어스턴스에 이어서 타이거펀드 인수에 참여

한다고 발표했다.

조지 소로스가 이끌던 퀀텀펀드는 JP모건과 체이스 맨해튼 뱅크가 인수자로 정해졌다.

"으흠! 뉴욕 월가에 지각변동이 일어났습니다."

경제신문의 일면을 장식하고 있는 월가의 대규모 인수·합병 소식을 접한 이대수 회장이 신음성을 내며 말했다.

"허허! 우리만 죽을 쑤는 줄 알았는데, 미국도 심각합니다."

선진그룹의 최용호 회장이 헛웃음을 지으며 말했다.

항공 사업을 주력으로 삼고 있는 선진그룹은 재계 순위 6위로, 5대 그룹이 빅딜 과정에서 온갖 시행착오를 겪고 있는 데 반해 차분히 자율적인 구조 조정을 추진하고 있었다.

삼성항공, 대우항공, 현대우주항공 등 항공 3사들은 통합 방안을 놓고 고초를 겪으며 업무에 막대한 지장을 주고 있었지만, 한국항공은 항공기 분야 빅딜에서 벗어나 외자 유치에 총력을 기울이고 있었다.

경쟁력 강화를 위해 추진하고 있는 빅딜 사업이 지지부진하자 빅딜에 참여하고 있는 3사는 업무 공백만 커졌다.

"그러게 말입니다. 미국이 버텨주어야 우리도 살아날 수 있을 텐데요.

후성중공업의 조석원 회장이 우려 섞인 표정으로 말했다.

후성중공업은 대산그룹의 계열사인 대산기계를 인수해 조선 분야에 집중투자 하고 있었다.

세 사람이 함께 자리한 자리는 정부 간담회가 이루어지는 닉스호텔이었다.

다섯 명이 한 테이블에 앉아 청와대 김기호 경제수석의 말을 듣고 있었다.

30대 대기업 총수들을 초빙한 자리에는 새로운 인물들이 적지 않았다. 기존 30대 그룹 중 17개가 퇴출당하는 과정을 겪고 있었다.

이와 함께 외환 위기를 기회로 삼은 새로운 기업이 부상하거나 등장했다.

"도대체 베어스턴스를 인수한 소빈뱅크는 어떤 회사입니까?"

대상그룹의 김형영 회장이 무척 궁금한 표정으로 물었다.

"러시아 은행이라고 알려졌지만 어마어마한 현금성 자산을 가지고 있다는 소문을 들었습니다. 이번에 한일은행과 상업은행을 인수한다는 말도 있던데요."

자리에 함께한 보영그룹 김상춘 회장의 말이었다.

보영그룹은 계열사들의 연쇄적인 부도로 인해 위기를 맞이했지만, 화교 자본을 끌어들여 위기를 간신히 넘겼다.

그룹 위신이 많이 축소되었지만 30대 그룹에는 간신히 낄

수 있었다. 현재 금융 사업과 전자 유통 사업에 매진하고 있었다.

"그게 정말입니까?"

선진그룹의 최용호 회장이 놀란 듯이 물었다.

"저도 들은 것 같습니다. 미국 쪽 투자가 이루어지지 않아서 다른 곳의 투자처를 급하게 물색했다고 합니다. 그 투자처가 국내에 진출한 유럽 쪽 은행이라고 했습니다."

대산그룹 이대수 회장의 말이었다.

"그럼, 그게 소빈뱅크라는 말입니까?"

"유럽의 은행들도 미국처럼 어려운 상황이라고 들었습니다. 미국의 베어스턴스를 인수할 정도면 가능성이 있지 않겠습니까."

후성중공업 조석원 회장의 말에 이대수 회장이 다시금 답을 했다.

"허허! 우리보다 더 빌빌대는 러시아가 아닙니까. 그 나라의 은행이 이렇게나 잘나갈 줄은 정말 몰랐습니다."

"소빈뱅크는 러시아와는 별개로 취급하는 것 같습니다. 제가 들은 이야기로는 소빈뱅크가 속해 있는 룩오일NY 그룹이 러시아를 먹여 살린다고 합니다."

"그게 사실이면 정말이지 소빈뱅크를 무시할 수 없겠습니다."

이대수 회장의 말에 대상그룹의 김형영 회장이 고개를 끄떡이며 말했다.

한국과 러시아 두 나라 모두 외환 위기로 인해 IMF의 관리 체제 아래에 있었다.

한국이 먼저 도움을 요청했고, 그다음 해에 러시아도 IMF에 긴급 자금을 수혈받았다.

하지만 긴급 자금을 받은 러시아는 한국과 달리 모라토리엄을 선언했다. 이러한 현실에 한국의 기업가들은 러시아를 형편없는 나라로 취급했다.

"무시할 수 없는 은행이지만 우리 회사에는 문턱이 너무 높았습니다. 금리가 적정하길래 대출을 여러 번 요청했지만, 매번 거절당했습니다."

보영그룹의 김상춘 회장이 아쉬운 표정으로 말했다.

"대기업에는 깐깐하게 대출을 적용한다고 합니다. 특화된 기술을 가진 중소 벤처기업 위주로 대출이 이루어진다고 들었습니다. 저희도 시중금리보다 낮은 금리로 인해서 대출을 요청했지만, 요구 상황이 까다로워서 포기했습니다."

이대수 회장이 김상춘 회장의 말을 받아 말했다.

시중은행들의 기업 대출은 평균 16%가 넘어서는 대출금리를 적용하고 있었다. 그러나 소빈뱅크는 연리 10~12%의 대출금리를 적용했다.

1%의 금리 차가 아쉬운 기업 입장에서 소빈뱅크의 대출금리는 사막의 오아시스와 같은 금리였지만 조건이 부합되는 기업에만 대출이 이루어졌다.

더구나 현 정부가 추진하는 벤처기업과 중소기업 육성 전략에 소빈뱅크가 적극적으로 협조하고 있었다.

"돈을 벌려고 하면 우리 같은 대기업에 돈을 빌려줘야 하는 것이 아닙니까. 어려운 시기에 중소기업 같은 데 빌려줘 봤자 원금도 보존하기 힘들지요."

선진그룹 최용호 회장의 말에 같은 테이블에 앉아 있는 회장들이 고개를 끄떡였다.

"최 회장님 말씀처럼 정말 멍청한 짓입니다. 지금까지 이 나라를 먹여 살린 것이 우리인데, 엉뚱한 곳에다 돈을 쓰려 하는 정부도 문제입니다. 말이 벤처기업이지 없던 기술이 당장 개발되는 것도 아닌데 말입니다."

조석원 회장이 최용호 회장의 말에 동조하는 이야기를 했다.

대부분의 대기업 총수들은 정부가 최우선으로 추진하고 있는 중소기업과 벤처기업 육성을 탐탁지 않게 여겼다.

어떤 품목을 생산하든지 세계 1등 기업이 많아질 때 한국 경제가 회생 가능하다는 김대중 대통령의 말에도 동조하지 않았다.

"김 수석이 오네요."

김상춘 회장의 말에 오가던 대화가 중단되었다.

"바쁘신 와중에 이렇게 참석해 주셔서 감사합니다."

"하하하! 아닙니다. 정부가 열심히 뛰어주시는데 저희도 가만있을 수야 없지요."

"그럼요. 어려운 시기에 저희도 도울 것은 도와야지요. 하하하!"

"정부가 제대로 역할을 하고 있으니, 위기는 곧 극복될 것입니다."

김기호 청와대 경제수석의 말에 자리에 있던 각 그룹의 회장들은 저마다 현 정부를 치켜세우는 말을 했다.

방금까지 정부 정책에 불만을 토로하던 모습은 전혀 찾아볼 수 없었다.

Chapter 13

"후우! 답이 없는 이야기들만 하고 있어. 경제가 돌아가려
면 시중에 자금이 돌아야 하는데, 쓸데없는 중소기업이나 벤
처기업 타령이나 하고 있으니 말이야."

차 안에 올라 대산그룹 본사로 향하는 이대수 회장은 한숨
을 쉬며 말했다.

"정부가 일본이나 대만의 중소기업처럼 기술력을 갖춘 중소
업체를 키우려는 것 같습니다. 실리콘밸리의 벤처기업들처럼
독자적인 기술력을 갖춘 업체는 세금 혜택과 자금 지원을 해
주고 있습니다."

"그게 어불성설(語不成說)이야. 대만이나 미국의 기업 환경은 한국과 달라. 우리와 비슷한 일본도 마찬가지야. 막연하게 기술력을 외치면 다 되는 일이 아니야. 한국은 아직 그 길을 가려면 멀었어."

이대수 회장은 정용수 비서실장의 말에 부정적인 의견을 내비쳤다.

"정부가 어떻게든 지금의 경제 상황을 바꿔보려고 하는 것 같습니다. 일본의 소프트뱅크를 운영하는 손정의 대표와 마이크로소프트사의 빌 게이츠 회장이 청와대와 정부 관계자들에게 정보 통신에 대한 투자와 벤처기업 육성을 적극적으로 건의했다고 합니다."

소프트뱅크와 마이크로소프트사의 두 대표가 한국을 방문해 김대중 대통령을 만났다.

"미국과 일본에서 성공했다고 한국에서도 통할 수 있다고 여기나 보지. 하지만 한국은 아직 그럴 만한 기술력과 제도가 미비하잖아. 현재의 경제 상황을 바꾸려면 더 많은 지원을 대기업에 해주어야만 해. 그래야만 고용이 늘고, 수출을 확대해 외화를 벌어들일 수가 있는 거야. 현실을 고려하지 않은 채 막연한 기대감만으로는 지금의 상황을 바꿀 수가 없어."

"정부가 대기업의 부실로 겁을 잔뜩 집어먹은 것 같습니다."

"다들 통이 너무 작아. 외환 위기가 외부에서 온 것이지 내부에서 벌어진 것이 아니잖아. 지금까지 이 나라를 이끌어온 우리를 홀대하게 되면 필리핀이나 남미 국가들처럼 거꾸러지게 돼. 다시금 이 나라가 일어나려면 우리가 필요하다는 것을 깨달아야 하는데 말이야."

대산그룹의 이대수 회장은 정부 정책에 소외감을 느끼고 있었다.

민주한국당의 한종태를 대통령으로 만들려고 했던 작업이 물거품이 되면서부터 대산그룹도 큰 영향을 받았다.

한종태를 적극적으로 후원하던 미르재단이 해체되었고, 재단을 운영하던 황만수 이사장은 횡령과 폭행으로 구속되었다.

문제는 정권이 바뀌고 나자마자 미르재단에 속했던 대부분의 기업들이 부도와 파산으로 문을 닫거나, 기업이 축소 분할되었다는 것이었다.

모두가 어려운 IMF 관리 체제 아래서 유독 미르재단에 속한 기업들의 파산 비율이 월등했다.

"정부 정책에 우려를 표하는 정치 원로들과 언론들도 많아졌습니다. 정부의 기업 지원이 일관성이 없고 즉흥적으로 대응한다는 부분을 지적하고 있습니다."

"이제야 목소리를 내다니. 이번 정권이 영원히 가는 것이 아닌데도 말이야. 이 나라의 뿌리가 흔들리면 지들도 호의호

식(好衣好食)할 수 없어."

"나라가 제대로 굴러가지 않는다는 것을 알면 하나둘 힘을 보탤 것입니다. 아직 언론은 우리와 함께 움직이고 있으니까요."

"그래야지. 영국에 간 한종태도 내년이면 돌아올 테니까. 그때까지 새로운 우군을 많이 만들어야 해."

"민주한국당의 정삼재 의원이 조심스럽게 움직이고 있습니다. 내년 초에 치러질 보궐선거부터 한종태 의원이 화려하게 등장할 수 있도록 물밑 작업을 차근차근 진행하고 있습니다."

정삼재 의원은 3선 의원으로 한종태의 오른팔 노릇을 했다.

민주한국당은 당 대표였던 한종태가 영국으로 떠난 후 3개의 파벌로 나뉘었다.

"이번에는 꼭 성공해야 해. 한종태만이 우리 대산을 일어나게 해줄 테니까."

이대수 회장은 입술을 앙다물며 말했다.

재계순위 20위권마저 위태로운 대산그룹은 정치적 후원자인 한종태의 복귀를 간절히 바랐다.

*   *   *

영국 옥스퍼드대학교에서 정치 및 국제 관계를 배우고 있는 한종태는 자신을 가르치는 이안 교수의 소개로 제이 후작을 만났다.

상속 귀족인 제이 후작은 영국 상원의원이자 상원의 원내 총무이기도 하다.

그는 또한 공작, 후작, 백작, 자작, 남작 등 귀족의 후손 중한 명에게 자동으로 대물림되는 상원의원이었다.

영국 정치권에 상당한 영향력을 행사하는 제이 후작이 자신이 거주하는 코르페성에 한종태를 초대한 것이다.

한종태는 민주한국당에서 모든 당직을 내려놓고 영국으로 유학길에 올랐지만, 아직도 민주한국당에 상당한 영향력을 행사했다.

대통령 선거 때 그와 뜻을 함께했던 계파 의원들은 아직도 민주한국당 내에서 가장 큰 파벌을 유지하고 있었다.

"공부는 잘하고 계십니까? 이안 교수의 말로는 젊은 친구들 못지않게 열정적으로 배우시고 있다고 하던데요."

"열심히 한다고는 하는데 쉽지 않습니다. 읽어야 할 책과 논문도 많아서 말입니다."

"하하하! 많은 경험을 하신 분이 아닙니까. 책에서 답을 찾지 않으셔도 될 텐데요."

"경험도 중요하지만, 정치의 본질을 알려면 역사와 국제 관계에 따른 정치의 흐름도 알 필요가 있으니까요. 정치의 선진국인 영국처럼 안정적인 의회 민주성치가 한국에서도 꽃피우기 위해서는 배울 것이 많습니다."

"한 대표님께서는 대통령제가 아닌 의회 민주주의를 지지하고 계십니까?"

제이 후작은 한종태를 당 대표로 불렀다.

"단기간에는 이루어지지 않겠지만, 권력의 집중화가 이루어지고 있는 제왕적인 대통령제의 문제점이 많다고 봅니다. 대중들이 원하는 공동의 이익을 빠르게 전달하여 실현하는 의회 민주주의가 한국에 나쁠 것 같지 않습니다. 지금의 5년 단임제의 대통령제로는 대한민국의 국민을 만족시켜 주기가 무척 힘드니까요."

"흠, 5년이라는 시간으로 많을 것을 바꾸기는 힘들지요. 단임제가 아니라 미국처럼 연임제로 가는 건 어떻습니까?"

"저도 민주한국당 당 대표로 있을 때 단임제의 문제점을 들어서 연임제 이야기를 꺼냈었지만, 야당의 반발이 무척 심했습니다. 그런 야당이 정권을 잡고 나서 연임제 이야기를 언론에 흘리고 있다는 것이 난센스가 아닐 수 없습니다."

"하하하! 모든 것이 정치적인 이익을 바탕으로 하니까요. 저희도 정치적인 합의를 끌어낼 때도 있지만, 반대를 위한 반대로 인해 의회의 역기능을 가져올 때도 적지 않습니다. 그럴 때면 빠른 의사 결정을 진행하는 권위주의적인 대통령제가 그립기도 합니다."

"하하! 영국도 그런 문제가 상충한다니, 정치가 결코 쉬운 것은 아닌 것 같습니다."

"누구를 위한 정치인가냐에 따라 많은 것이 달라지지요. 이 세상을 움직이기 위한 정치인지, 아니면 단순히 작은 동네에서 대장 노릇이나 하는 정치인지 말입니다."

'무슨 뜻이지? 세상을 움직이기 위한 정치라⋯⋯.'

"하하하! 정치인이라면 누구나가 세상을 움직이고 싶어 하지요."

한종태는 호쾌하게 웃으며 제이 후작의 의중을 살폈다.

"야망을 품은 남자라면 당연히 세상을 움직여야겠지요. 혹시, 한 대표께서는 세상을 움직이는 그룹이 따로 있다는 것을 들어보셨습니까?"

"세상을 움직이는 그룹이야 다양하지 않습니까? 미국과 영국을 비롯한 강대국들이나 UN(국제연합) 같은 국제기구도 세상을 움직이는 그룹에 속한다고 해야겠지요."

"틀린 말씀이 아닙니다. 하지만 본질에 속한 이야기가 아니지요. 말씀하신 미국이나 영국을 실제로 움직이는 곳이 있다면 믿으시겠습니까?"

"그게 무슨 말씀이신지요?"

"세상은 보이는 것과 보이지 않는 빛과 그림자로 나뉘어 있습니다. 눈에 드러니 보이는 것이 선부가 아니란 말입니다. 한종태 대표께서 드러나지 않는 미르재단에 도움을 받으신 것처럼 말입니다."

제이 후작의 입에서 놀라운 말이 흘러나오자 한종태의 두 눈은 커질 대로 커졌다.

'이자가 어떻게?'

"하하! 지금 무슨 말씀을 하시는 건지 저는 종잡을 수가 없습니다."

한종태는 애써 침착해지려고 노력했다.

지금 눈앞에 있는 제이 후작을 믿을 수 없었기 때문이다.

"제가 한종태 대표님을 조금 놀라게 해드렸나요? 한국의 대통령이 될 뻔한 분이기 때문에 제가 속한 그룹에서 눈여겨보았습니다. 솔직히 말씀드리자면 우리는 현재 남북한 권력자들의 움직임을 좋게 보지 않습니다."

"어떤 것 때문에 그렇습니까?"

한종태는 몹시 궁금한 표정으로 물었다.

"그들은 우리가 힘들게 이룩한 세계 경제민주주의와 부의 흐름을 역행하는 일을 하려고 합니다. 더 나아가 러시아와 손을 잡고서 우리의 피와 땀으로 이룩한 세계질서를 바꾸려는 일까지 계획하고 있습니다. 한국이 지금의 움직임을 멈추지 않는다면 앞으로 더 큰 고통을 받게 될 것입니다."

'도대체 무슨 말을 하는 거지? 세계 질서를 바꾸다니…….'

제이 후작의 말을 들을수록 더욱 이해할 수가 없었다.

"하하하! 뭔가 크게 잘못 알고 계시는 것 같습니다. 한국은 그럴 만한 힘을 가지고 있지 못합니다. 더구나 외환 위기로 인해서 경제적인 어려움에 놓여 있지 않습니까."

"말씀대로 한국은 그럴 만한 힘이 없습니다. 하지만 그만한 힘을 가진 인물이 한국에 있습니다. 그 인물로 인해서 한 대표님께서도 큰 뜻을 이루지 못하신 것입니다."

"그자가 누구입니까?"

"그자를 알고 싶다면 우리와 함께하셔야 합니다. 우리는 한 대표님을 한국의 대통령으로 만들어 드릴 수도 있으니까요."

'대통령으로 만들어준다고?'

한종태는 제이 후작의 말에 자신도 모르게 마른침을 삼켰다.

자신이 가진 모든 것을 희생하더라도 대통령이 되고 싶었던 한종태였다.

자신을 믿고 따르던 기업인과 정치인들을 버려둔 채 영국으로 건너온 것도 대통령에 대한 미련 때문이었다.

그들은 한종태의 정치 기반이었다.

더구나 자신을 지금의 위치로 만들었던 미르재단과 흑천까지 내쳤다.

'정말 이자의 말을 믿을 수 있단 말인가?'

대통령은 한종태에게 있어 살아가는 의미이자 최종 종착지였다.

"저는 오늘 처음 제이 후작님을 만났습니다. 그런데 저는 후작님에 대해 별로 아는 것이 없는데, 후작님께서는 저에 대해 부처님 손바닥에 올라 앉은 손오공처럼 속속들이 알고 계십니다. 더구나 한국의 대통령을 아이들이 갖고 노는 장난감처럼 이야기하십니다."

"하하하! 저희를 믿지 못하겠다는 말씀이시겠지요. 당연한 일입니다. 그럼, 저보다는 우리를 이끄시는 임페리얼 마스터를 직접 뵈면 달라질 수도 있겠습니다. 제가 지금까지 한 이야기는 이분께서 보증을 해주실 수 있으니까요."

제이 후작의 말이 끝나자 책들이 가득 꽂혀 있는 뒤편 책장 문이 열리면서 한 남자가 천천히 걸어 나왔다.

그는 다름 아닌 영국 왕실의 찰스 황태자였다.

*　　　　*　　　　*

기술은 부의 흐름을 바꾸는 강력한 힘이자 새로운 부를 창출하여 부자를 탄생시킨다.

부를 움켜쥔 부자들은 기술이 만들어내는 새로운 부의 흐름을 통찰하는 안목이 뛰어나다.

세상을 바꿀 신기술이 무엇인지, 또한 그것이 만들어내는 비즈니스와 권력의 기회를 일반인들보다 빠르게 간파한다.

정부의 벤처기업 육성에 발맞추어 기술을 앞세운 벤처기업들이 창업되었다.

벤처기업 중에는 미국의 실리콘밸리에 직접 진출하는 기업도 늘어나고 있었다.

올해 30개의 기업이 진출했고, 앞으로 20여 개의 기업들이 진출을 타진하고 있었다.

여기에는 대산그룹의 후계자인 이중호가 투자한 나눔기술도 함께했다.

나눔기술은 인터넷을 통한 무료 전화와 팩스 서비스 기술을 개발한 회사다.

여기에 PC통신과 인터넷을 하나로 묶어주는 통신용 소프트웨어를 판매하고 있다.

1994년에 탄생한 나눔기술은 1997년에 외환 위기가 몰아닥치자 97년 가을부터 자금난으로 인해 엄청난 고통을 겪었다.

소프트웨어를 납품한 업체가 부도가 나면서 물건값을 받지 못했고, 투자자들이 경쟁적으로 돈을 회수해 가면서 회사 통장이 바닥을 드러냈다.

직원 월급을 지급하지 못하는 상황에 부닥쳤고, 야심 차게 진출한 미국에서도 법인을 폐쇄하고 철수할 상황이었디.

이때 대산그룹의 이중호가 기술력을 담보로 18억 원의 투자를 진행했고, 20%의 지분을 인수했다.

이 투자를 위해서 이중호는 타고 다니던 외제 승용차와 거주하던 아파트까지 처분했다.

아버지인 이대수 회장에게 도움을 받지 않고 모든 걸 자신과 친구인 박성호와 함께 마련했다.

이중호는 경영기획실장 겸 공동대표의 직함을, 친구인 박성호는 재무기획이사였다.

"이번 IR(기업 투자 설명회)에서 투자금을 더 받아야 연구소가 요구하는 자금을 댈 수 있는데 말이야. 3개월치 통신요금도 확보해야 안심할 수 있어."

이중호는 재무기획이사인 박성호를 보며 말했다.

창업자이자 공동대표인 주성수는 연구 개발에 집중했다.

"투자자들을 알아보고는 있지만, 나눔다이얼은 비즈니스용으로는 메리트가 적다고 생각하는 것이 문제야. 직장에서 회사 전화를 공짜로 쓸 수 있는데, 굳이 인터넷으로 들어가서 음질도 떨어지는 전화를 쓰려고 하지 않는다는 것이지."

"충분히 타당한 말이지만 사용자가 많아질수록 수익이 나올 수 있다는 점을 강조해야지."

나눔다이얼의 비즈니스 모델은 전화 사용자로부터는 돈을 받지 않는다.

나눔기술이 사용자의 통화료를 내는 대신 나눔다이얼 사이트에 배너 광고를 유치해 수익을 얻는 방식이다.

인터넷으로 상대방의 전화기나 PC로 전화를 거는 서비스가 무료로 제공되는 사업은 나눔다이얼이 최초다.

"또 하나는 가정에서 인터넷을 많이 이용하는 젊은 층이 주로 나눔다이얼을 이용하잖아. 가정에서는 PC의 90% 이상이 전화 모뎀으로 인터넷과 접속하는데, 모뎀으로 나눔다이얼을 쓰면 이용자가 통화료를 부담해야 하는 것도 문제점이야. 투자자들은 이러한 것을 수익성과 연관시키니까."

모뎀으로 연결하면 통화 시간에 비례해서 통화료가 더욱 비싸진다.

아직은 고속 인터넷망보다는 모뎀을 통해서 인터넷에 접속하고 있었다.

"그건 인터넷 시장의 흐름을 잘 모르고서 하는 말이야. 인터넷을 기반으로 하는 서비스는 어떤 것이라도 처음에는 기술 분야의 전문가들이 주로 이용하다가 대학생들을 거쳐 점차 일반인 층으로 확산된다고. 모든 것은 시간이 답해줄 거야."

"그러긴 하겠지만, 지금 당장은 운영자금이 필요하니까. 효성전산 쪽에서 관심이 있는데, 실질적인 수익을 보여달라고 하니까."

효성그룹 산하 효성전산에서 나눔기술에 25억 원을 투자하려고 했다.

문제는 아직은 나눔다이얼이 뚜렷한 수익을 내는 것이 아니라는 것이었다.

신기술과 컴퓨터에 익숙한 대학생들과 20대 위주의 사람들이 나눔다이얼을 주로 이용했다.

그 숫자가 점점 늘어나고 있어 이들을 대상으로 한 타깃 광고 시장을 노려볼 수 있었다. 하지만 이러한 관점보다는 당장 수익 창출을 원하는 효성 본사에서 제동을 걸었다.

"바보들이야. 지금 사용자들이 앞으로도 변함없는 충성 고객으로 바뀌게 될 것을 모른다니 말이야. 시장을 선점한 기업이 얼마나 유리한지 야후를 보면 알잖아."

인터넷 검색 시장을 먼저 선점한 야후가 후발 주자인 라이코스보다 앞서 나가고 있었다.

라이코스 검색엔진이 야후보다 기술이 부족한 것이 아니었다.

야후가 시장을 선점한 이후 이를 기반으로 다양한 부가가치와 새로운 아이템을 통해 이익을 창출하면서 가입자를 늘려 시장을 주도했기 때문이다.

"당장 수익성을 보여달라고만 하니까."

"흠, 아예 새로운 투자처를 알아보자."

"내년 초에 코스닥에 상장하려면 시간이 얼마 없잖아."

나눔기술은 코스닥 상장을 목표로 움직이고 있었다.

"소빈뱅크의 문을 두드려 보자."

"소빈뱅크?"

"그래, 소빈뱅크에서 기술력을 갖춘 벤처기업에 저렴한 이자로 대출을 해준다고 하니까."

"은행들이 말로만 벤처기업에 투자한다고 하지 대출을 받으려면 보통 까다로운 게 아니야."

"지금 당장 효성전산에 수익을 보여줄 수는 없잖아. 운영자금도 빨리 마련해야 하고."

"후! 그러긴 하지. 시장이 어려우니 자금 회전이 원활하지가 않아."

소프트웨어를 판매하는 대다수의 회사들이 어려움을 겪고 있었다.

소프트웨어는 공짜로 얻는 거라는 저작권에 대한 개념 부족과 함께 업체에 납품을 진행해도 대금을 받는 기간이 2~3개월씩 늦어지는 문제가 만연했다.

"내일이라도 찾아가 보자. 투자와 연관된 서류는 다 작성되어 있잖아."

"알았어, 밑져야 본전이니까. 그럼, 나는 나기서 서류를 검토할게."

이중호의 말에 박성호가 고개를 끄떡이며 회의실에서 일어나 밖으로 나갔다.

"우리가 투자를 받지 못하면 그 누구도 투자를 받을 수 없어……."

이중호는 자신의 자리로 향하는 박성호의 뒷모습을 보며 혼잣말처럼 되새겼다.

벤처기업의 운영에 참여하면서 이중호는 새삼 지난날 자신이 얼마나 쉽게 사업을 해왔는지를 뼈저리게 깨달았다.

이 나라에서 누구의 도움 없이 사업을 키워 나가는 것이 얼마나 어려운지 말이다.

Chapter 14

　세계경제가 어려움에 놓인 상황에서도 신의주특별행정구와 중국의 경제는 성장 일로를 걷고 있었다.

　신의주특별행정구는 세계가 주목하고 있는 중국의 어느 도시보다도 높은 성장률을 보였다.

　이는 중국이 저급 기술과 단순노동력이 필요한 단순 조립형 제품을 생산하는 것에 반해 신의주특별행정구는 모방 기술을 넘어 중간 단계의 제조 기술과 숙련 노동력이 필요한 중간제품 생산을 하고 있기 때문이다.

　신의주 특별행정국에는 닉스와 닉스에너지, 닉스철도차량,

닉스E&C, 닉스철강, 닉스케미컬, 닉스제약, 닉스코어, 블루오션, 블루오션반도체가 자리를 잡았다.

그뿐만 아니라 쌍용시멘트와 쌍용레미콘을 인수하여 닉스시멘트와 닉스레미콘이 새롭게 탄생했다.

여기에 닉스코아 산하의 닉스해운이 신의주항과 인천항을 거점으로 중국과 동남아시아, 중동, 그리고 아프리카로 물품을 실어 날랐다.

닉스홀딩스 대부분의 계열사가 신의주특별행정구에 진출하여 본격적인 생산 활동을 진행하고 있었다.

닉스홀딩스의 과감한 투자로 인해 중국처럼 단순노동력을 요구하는 단순 조리형 제품들이 아닌 남한의 제조 기술이 접목된 중간제품들을 생산하여 중국을 비롯한 동남아와 러시아로 수출했다.

신의주특별행정구는 제조업 발달의 3단계 과정 중 1단계를 과감하게 넘어가는 행보를 보였다.

"신의주특별행정구에서 생산된 중간재들은 대부분 중국과 러시아로 수출되고 있습니다. 저희가 예상한 대로 닉스케미컬과 닉스철강이 본격적인 생산에 들어가자 동북3성에 유제품과 철강 제품에 대한 투자가 줄어들었습니다."

닉스홀딩스 김동진 비서실장의 보고였다.

닉스케미컬과 닉스철강은 전략적으로 동북3성의 투자를 감소시키기 위해서 중국에 중간재 수출을 강화했다.

무관세로 중국에 수출되는 제품들은 낮은 가격과 우수한 품질로 인해 중국 제품과의 차별성이 두드러졌고, 새롭게 공장을 세워서 제품을 생산해도 닉스홀딩스 계열사에서 생산하는 제품들을 넘어설 수 없었다.

이러한 점 때문에 투자 자금이 제조업보다는 소비재와 부동산 쪽으로 쏠렸다.

"조립 형태의 산업을 벗어나게 해서는 안 됩니다. 물론 닉스케미컬과 닉스철강이 중국 전체를 커버할 수는 없겠지만, 동북3성은 영향력 아래에 두어야 합니다. 비철금속 사업 분야는 어떻게 진행되고 있습니까?"

금속사업부를 책임지고 있는 임창배 이사에게 물었다.

"동 제련을 위한 압연 공장과 스테인리스 및 니켈을 생산하는 공장을 내년 6월까지 완공할 예정입니다. 전면 화면에 보이는 것과 같이 일상생활에서 사용되는 동제품에서부터 첨단산업용 소재에 이르기까지……."

전면 스크린에는 비철금속 제품들의 생산에 관련된 자료가 올라와 있었다.

동과 동합금판·대는 건축 내외장재를 비롯해 건설, 자동차, 기계, 전기·전자, 반도체 생활용품 및 항균 소재 등으로 광범

위하게 사용되는 대표적인 산업 기초 재료다.

동과 스테인리스 소재 제품들은 중국에서의 수요가 폭발적으로 늘어났다.

대규모의 건설 공사와 공장 설립에 따른 수요였다.

"압연 설비와 열처리로를 갖추고 주조 공정에서 최종 절단 및 포장 공정에 이르는 대규모 일괄 생산 체제를 구축할 예정입니다."

임창배 이사는 자신감 넘치는 표정으로 말했다.

최첨단 주조 설비와 세계 최대 규모의 샤프트로(Shaft Furnace)를 비롯한 7톤 슬라브를 연속 압연할 수 있는 핫 스트립 밀 시스템(Hot strip mill system)과 연속 밀(Tandem Mill), 그리고 20단 냉간압연기 등을 갖춘 최고의 공장이 탄생하기 때문이다.

국내 기업들의 투자가 현격히 줄어든 상황에서 닉스홀딩스는 막대한 자금을 제조 설비 확장에 쏟아붓고 있었다.

"중국이 넘볼 수 없는 생산기술과 개발 능력을 갖추어야 합니다. 공장 완공과 함께 기술 연구소의 준비도 철저하게 하십시오. 이와 함께 반도체 리드 프레임(Lead frame)과 커넥터에 들어가는 소재가 지금보다도 더 우수한 전기 특성과 열전도성, 그리고 금속 강도를 가질 수 있도록 하십시오. 그래야 블루오션반도체에서 생산하는 반도체 제품들이 더욱 우수해질 수 있습니다. 닉스금속이 소재 공급처의 역할에 충실할수록 이와 연관된 계열회사들도 더욱 발전해 나갈 수 있는 것입니다."

리드 프레임은 반도체 칩을 올려 부착하는 금속 기판으로 반도체 칩에 전기를 공급하고 이를 지지해 주는 역할을 한다.

"예, 부족함 없이 철저하게 준비하겠습니다."

"정말이지 회장님께서는 모르는 분야가 없으신 것 같습니다. 그룹 계열사들의 특장점과 생산 품목은 물론 향후 개발 동향까지 말입니다."

김동진 비서실장이 고개를 절레절레 흔들며 말했다.

그가 이렇게 말하는 이유는 내가 닉스홀딩스뿐만 아니라 룩오일NY의 업무도 완벽하게 처리하기 때문이다.

"기본적인 상황은 챙겨야겠지요. 자! 회의는 여기까지 마치고 공장들을 살펴보도록 하지요."

내가 자리에서 일어나자 김동진 비서실장 뒤에 앉았던 송가인도 함께 일어났다.

김동진 비서실장은 그녀의 직속상관이었다.

"대단한 분이십니다. 회장님의 열정과 지식을 따라잡으려면 저 같은 사람 열 명이 있어도 부족합니다."

나와 가인이와의 관계를 아는 김동진 비서실장은 송가인에게 말을 놓지 않았다.

"그래서 저도 무척 피곤합니다, 실장님."

"하하하! 그러실 것입니다. 그래도 회장님이 계셔서 이 나라가 어려움을 극복할 수 있을 것입니다."

김동진 비서실장은 서류를 챙겨 송가인에게 건네주며 말했다.

＊　　　　　＊　　　　　＊

"이거 북한에다가 너무 쏟아붓는데."

"무슨 말이야?"

주선일보 경제부 소속 정주훈 기자의 말에 선배이자 상사인 이정기 차장이 물었다.

정주훈은 경험 많은 베테랑 기자였다.

"닉스홀딩스 있잖습니까?"

"닉스홀딩스가 왜?"

"신의주특별행정구에 엄청나게 투자를 하고 있어서요. 적어도 10조 이상은 들이붓는 것 같습니다. 가뜩이나 어려운 국내 경제는 나 몰라라 하고 북한에만 투자를 집중하는 게 심하지 않습니까?"

"신의주특별행정구는 북한과 별개로 취급하잖아."

"그래도 북한 땅에 들어선 공장들 아닙니까? 북한이 맘만 먹으면 다 빼앗을 수 있잖습니까."

"이번 정부하고 관계가 좋은데. 설마 그렇게야 하겠어."

김대중 정부는 북한과의 경제협력을 더욱 강화하려는 모습을 보였다.

김평일이 집권한 북한도 이에 호응하며 군비경쟁이 아닌 경제 파트너로서 역할론을 내세우고 있었다.

"설마가 사람 잡죠. 그리고 다들 죽어나가는 판국에 닉스홀딩스만 유독 독야청청(獨也靑靑)하는 것도 이상하지 않습니까?"

"그래서, 뭐 좀 건져보려고?"

"저희 쪽이 한번 나서고, 사회부 쪽이 조금만 거들어주면 그림 하나는 나올 것 같아서요."

"닉스홀딩스는 워낙 깨끗한 이미지잖아. 세금도 그렇고, 사회적 활동도 다른 기업과 달리 적극적인 것 같고."

"그러니까, 북한 쪽 문제를 건드리려고요. 그런데 아세요? 우리 신문사 쪽으로는 닉스홀딩스의 광고가 너무 적어요."

정주훈은 왠지 닉스홀딩스에 대해 불만 섞인 말투였다.

"보자, 내년 초에 보궐선거가 있지?"

"3월에 잡힌 거로 아는데."

"그럼 한번 취재해 봐. 여러모로 써먹을 게 나올지도 모르니까."

이정기 차장은 휴지로 안경을 닦으며 말했다.

"잘 뽑아 오겠습니다."

입가에 미소를 지으며 말하는 정주훈 기자의 목적은 다른데 있었다.

기업을 담당하는 일간지 기자에게는 기업 홍보팀에서 알게모르게 관리 차원으로 매월 일정한 돈을 지급했다.

기업에 우호적인 기사를 쓰도록 유도하는 것도 있었기 때문에 접대도 소홀치 않았다.

하지만 닉스홀딩스는 그러한 관행을 철저하게 배제했다.

그러한 과정에서 주선일보의 정주훈 기자가 자존심에 상처를 입었다.

잘나가는 베테랑 기자의 심기를 건드린 닉스홀딩스에 작은 생채기라도 만들고 싶은 마음이 간절했다.

＊　　　　＊　　　　＊

신의주시는 해마다 다른 모습으로 변해갔다.

촌스럽고 지저분했던 건물들과 주택들은 대부분 철거되고 새로운 건물들이 들어섰다.

이제는 30층에 달하는 업무용 빌딩들은 물론이고 백화점까지 들어왔다.

평양에서나 볼 수 있는 백화점이 신의주에도 들어선 것은 신의주시가 북한에서 차지하는 위치가 어느 정도인지를 보여 주는 것이었다.

낙원백화점에는 신의주특별행정구에서 생산되는 물품들뿐만 아니라 외국에서 수입된 물품들도 판매되었다.

낙원백화점은 북한의 광명무역상사와 신의주시가 합작으로 연 것이다.

신의주시와 특별행정구 내 관광특구에는 평양의 명물인 옥류관 분점이 들어섰다.

북한을 대표하는 음식점들뿐만 아니라 한식, 중식, 양식, 일식은 물론 세계 각 나라의 음식점들이 즐비하게 들어선 거리가 조성되었다.

신의주특별행정구가 폭발적으로 발전하면서 신의주시와 그 주변도 놀랄 정도로 성장세를 이어가자 세계 각지에서 다양한 투자 자금이 몰려든 것이다.

그 자금으로 태어난 곳이 세계 음식 문화 거리였다.

120여 곳이 넘는 음식점들은 각 나라의 전통적인 건물 모습을 그대로 표현했고 음식 맛 또한 본고장의 맛을 그대로 재현했다.

길 양옆으로 늘어선 음식점들은 계속 확대되고 있었고 그

뒤쪽으로는 잘 정리된 실개천이 흘렀다.

신의주특별행정구 내 기업에 근무하는 회사원들과 그곳에서 일하는 북한 근로자들이 음식점 주 단골이었다.

여기에 신의주를 방문하는 관광객들도 해마다 40~50% 이상 증가하고 있었다.

"와! 마치 홍콩이나 도쿄의 긴자 거리에 와 있는 것 같아."

홍콩과 도쿄를 방문했던 가인이는 거리 풍경을 보며 감탄사를 내뱉었다.

"나도 올 때마다 달라진 모습에 놀란다니까."

가인이가 길 양쪽에 늘어선 식당들을 바라보며 말했다.

식당들은 저마다 특색 넘치는 건물 모양과 인테리어를 자랑하며 손님을 맞이하고 있었다.

"여기가 정말 북한이라는 것이 믿기지 않아. 어떻게 이럴 수가 있지?"

가인이가 알고 있는 북한은 화려함은 찾아볼 수 없는 장소이자 획일화된 회색빛 건물들이 있는 곳이었다.

그러나 지금 이곳에는 다양한 디자인과 색상으로 칠해진 건물들과 집들이 보였다.

어쩌면 서울에 있는 건물들보다 더 멋지고 다양한 건축디자인을 자랑하고 있었다.

"그래서 직접 눈으로 확인해야 하는 거야. 북한이 영원히 변하지 않는 나라가 아니라고."

"이건 정말 내가 학교에서 배워왔던 북한이 아니야. 여기가 서울이라고 해도 믿을 거야."

"서울보다 더 좋은 방향으로 나아가고 있어. 여기 들어선 건물들 모두 같은 형태의 건물이 없잖아. 특색 있는 디자인과 주변 경관과 어울리는 디자인을 갖춘 건물에만 건축 허가를 내주고 있지."

"어쩐지 건물들 하나하나가 다 개성이 넘쳐. 서울은 재개발을 핑계로 성냥갑처럼 똑같은 아파트만 지어버리니까."

가인이의 말처럼 서울은 변화하고 있었지만, 점차 개성이 사라지고 있었다.

"어쩌면 북한이니까 가능한지도 몰라. 개인 재산을 이래라저래라 할 수 없으니까."

"그럼, 여기도 개인이 재산을 가질 수 있는 거야?"

"아직은 장기 임대를 통해서만 장사를 할 수 있어. 하지만 조금씩 달라지겠지. 뭘 먹을래?"

"저기! 음식점이 당기는데."

가인이가 오른손으로 가리킨 곳에는 멕시칸 요리 전문점이었다.

"좋아, 오늘은 멕시칸 요리로 갑시다."

파히타라는 이름을 가진 멕시칸 음식점에는 많은 사람들이 자유롭게 식사하고 있었다.

맛있게 식사하는 인종도 다양했고 식당 안은 세계적인 관광지에 온 것처럼 활기가 넘쳐났다.

정말 이곳이 북한 땅인지를 잊게 하는 모습들이었다.

〈최악의 경기 하강! 닉스홀딩스, 누구를 위한 투자인가?〉

많은 구독자와 함께 국내 언론에 적잖은 영향력을 가지고 있는 주선일보에 닉스홀딩스에 대한 기사가 실렸다.

〈한국 경제가 어려움에서 빠져나오지 못하는 가운데 25개의 주요 그룹 중 78%가 구조 조정에 따른 감원을 계획하고 있고, 40%에 해당하는 기업들이 대졸 신규 사원을 채용하지 않을 방침이다. 해당 기업들은……〉

다시금 30만 명이 넘어서는 인력들이 구조 조정을 통해 새로운 실업자로 쏟아질 전망이라는 기사였다.

이와 함께 기업들 대다수가 애초 계획했던 설비투자를 계획대로 진행하지 못했고, 설비투자 계획을 확정하지 못한 기업과 아예 계획이 없다는 업체도 50%가 넘어섰다는 암울한 내용이 포함되었다.

그나마 삼성과 현대, 그리고 대우그룹이 전년 대비 20%에서 30% 감소한 1조7천억 원에서 3조5천억 원에 투자 계획을 하고 있었지만, 자금 집행이 늦어지고 있었다.

이러한 상황에서도 닉스홀딩스의 투자는 멈추지 않고 계속되었고, 투자 자금 또한 독보적이었다.

올해 알려진 것만 100억 달러(14조 원)에 달하는 투자를 진행하는 닉스홀딩스는 이미 전반기에만 47억5천만 달러를 집행했다.

문제는 이 투자 자금 중 71%가 신의주특별행정구에 투자되었다는 것이다.

주선일보가 이 점을 강하게 비판하는 기사를 낸 것이다.

"북한에다 퍼주고 있다는 논조입니다. 국내에 진행 중인 투자에 대해서는 일절 말이 없습니다."

김동진 비서실장이 화가 난 듯, 목소리가 평소보다 컸다.

"미래를 전혀 내다보지 못하는 근시안적 생각에서 쓴 기사입니다. 신의주특별행정구가 앞으로 어떤 역할을 담당하게 될지 말입니다."

모든 것을 다 이야기할 수는 없겠지만, 신의주특별행정구는 북한의 변화를 이끄는 축의 역할과 함께 대중국 견제 기지로서 놀라운 일들을 해나갈 것이기 때문이었다.

"다른 언론사를 통해서 대응하는 것이 어떻겠습니까?"

비서실 홍보팀을 맡고 있는 조민호 팀장의 말이었다.

조민호 팀장은 KBS의 보도국 출신이다.

"아닙니다. 굳이 이런 기사에 일일이 대응할 필요는 없습니다."

"혹시나 부정적인 기사로 인해 회장님의 행보에 누가 될까 염려스럽습니다."

김동진 비서실장은 나에 대한 부정적인 언론을 염려했다. 올바르지 않은 기사만을 믿고 말하는 사람들이 적지 않기 때문이다.

다양한 정보를 입수하지 못하는 시대였기 때문에 신문사의 기사와 TV 뉴스가 정보 입수의 주 통로였다.

"이 정도의 기사로 저와 닉스홀딩스가 흔들린다면 아직 멀었다고 해야겠죠. 우린 평소대로 주어진 일을 해나가면 됩니다."

주선일보는 미르재단과 연관된 신문사 중 하나였다.

언젠가는 손을 봐야 하는 곳이었지만 지금은 때가 아니었다.

섣불리 언론사에 손을 댔다가는 자칫 역풍을 맞을 수 있기 때문이다.

탄탄한 지지층을 가진 주선일보를 단숨에 처리하는 것보다는 장기적으로 대응하는 것이 좋았다.

"알겠습니다. 대신 공익성 광고를 늘렸으면 합니다."

"그렇게 하십시오. 대한민국의 경제가 확고하다는 것을 보여주는 광고로 가져가면 좋겠습니다."

김동진 비서실장의 말에 고개를 끄떡이며 이야기했다.

"열심히 만들어보겠습니다."

조민호 팀장이 내 말에 대답했다. 그가 맡고 있는 일은 닉스홀딩스의 홍보와 이미지 관리였다.

닉스홀딩스는 이와 관련된 자금을 아끼지 않았다.

*　　　　*　　　　*

"혹시 닉스홀딩스에서 연락 온 것 있어?"

"없는데요."

정주훈 기자는 취재를 핑계로 오후에 출근하자마자 경제부 여직원에게 물었다.

"알았어. 뭐 바로 반응하기가 뭐하다 이건가."

"정 기자! 나 좀 봐."

그때 부서장인 김진평 부장이 정주훈 기자를 회의실로 불렀다.

"닉스홀딩스가 반응을 좀 보여?"

대기업에 대한 부정적 기사를 쓰는 것은 쉬운 일이 아니었다.

그것은 곧 광고와 직결되는 문제였고 서로 공생 관계로 갈 수 있는 여건을 흔드는 일이기 때문이다.

신문사의 주 수입원은 신문 판매 대금이 아닌 기업의 광고였다.

"아직 특별한 말은 없는 것 같습니다."

"웃기는 놈들이야. 이 정도면 반응이 나와야 하는데 말이야."

"저도 바로 연락이 올 줄 알았는데, 반응이 좀 느리네요."

"오늘내일 반응 좀 보고. 후속편도 준비해 봐."

"하나 더 가는 것입니까?"

"그래. 뭐 때문인지는 모르지만, 닉스홀딩스가 우리 쪽에는 광고를 주지 않잖아. 위에서도 흔들어보라고 하니까, 하나 더 가는 거로 알고 있어."

"예, 알겠습니다."

정주훈 기자는 당연하다는 듯이 대답을 했다.

닉스홀딩스는 유독 주선일보와 몇몇 일간지에는 광고를 적게 실었다.

그중에서도 주선일보가 가장 광고가 적었다.

영업부에서 닉스홀딩스와 주요 계열사를 방문해 광고를 요청했지만, 반응이 신통치가 않았다.

더구나 주요 기업들의 광고가 줄어드는 상황에서도 닉스홀딩스 계열사들의 광고는 꾸준히 늘어나고 있었다.

이런 상황에서 주선일보만 왠지 소외되는 느낌이 들었다.

"그리고 강태수 회장에 대해서도 좀 알아봐. 한국에서 다섯 손가락 안에 드는 회사를 거느리고 있는 인물치고는 알려진 것이 너무 없잖아."

"하긴, 너무 은둔형으로만 알려졌죠. 가족 관계도 좀 알아보겠습니다."

"그래, 구린 게 좀 나오면 일단 킵해두고."

"염려 마십시오. 재미있는 그림이 나오게 하겠습니다."

"알았어. 자식들이 고개만 좀 숙이면 되는데, 뭘 믿고 그렇게 고자세인지 모르겠어."

김진평 부장이 정주훈 기자의 어깨를 치며 자신의 자리로 향했다.

신문사의 힘이 막강한 시대에서 주선일보는 충성 독자들이 많은 신문사였다.

*   *   *

LG반도체와 삼성반도체와의 합병과 구조 조정을 끝내는 상황에 D램 수요와 수출이 늘면서, 블루오션반도체가 큰 폭의 흑자를 내기 시작했다.

지난해 상반기만 해도 16MD램과 64MD램 값이 폭락하면서 국내 반도체들의 수출과 경영 실적이 악화되어 힘든 시간을 보냈다.

하지만 합병에 따른 감산 효과와 함께 윈도우98 출시에 따른 연말 PC 특수까지 일어나면서 수출 주문량이 크게 늘어난 것이다.

여기에 미국의 반도체 업체인 마이크론 테크놀로지가 뱅가드, TI에어, 라냐 등 대만의 13개 반도체 회사를 반덤핑 혐의로 미국무역위원회(ITC)에 제소하자 D램의 수출 단가가 더 올라가는 추세였다.

더구나 윈도우98에 이어 내년 초에 선보일 인텔 CPU인 펜티엄II가 PC 수요와 함께 메모리 용량을 늘어나게 할 예정이었다.

1996년부터 과잉생산으로 가격 하락이 시작된 D램은 97년에 대폭락을 맞이했다. 이로 인해 일본의 NEC, 히타치, 후지쯔가 D램 시장에서 철수하려는 움직임을 보였다.

1990년대 전 세계 D램 제조사가 26개나 되었다.

16MD램은 1995년 40달러에서 작년에 6.5달러로 폭락한 후 올해 초 들어서는 3달러까지 떨어졌고, 현재는 2달러에 거래되고 있었다.

64MD램 또한 작년 70달러에서 38달러까지 떨어진 후, 올해는 8달러까지 폭락한 후에 다시금 10달러로 가격이 회복된 상태다.

치킨 게임이 진행되고 있는 지금, 자본력과 기술력에서 부족한 반도체 업체들이 하나둘 떨어져 나가고 있었다.

"컴퓨터 그래픽과 3차원 영상을 처리하는 데 쓰이는 16메가 DDR 싱크로너스 그래픽 램의 상업용 시제품을 세계 최초로 만들었습니다."

블루오션반도체를 이끄는 루카스 최 대표의 보고였다.

초등학교 시절 미국으로 건너가 MIT와 캘리포니아공대에서 재료 공학과 반도체 응용학을 전공한 인물이다.

그는 또한 하버드 경영대학원에서 경영학을 이수한 천재적인 인물이었다.

"좋은 소식입니다. 기존 D램과는 어느 정도 차이가 납니까?"

"일반 D램과는 10~12배의 속도 차이가 나고 싱크로너스 D램과는 2배 정도 차이가 납니다. 3차원 그래픽과 동영상을 구현하는데 있어서도 전혀 끊김 없이 부드러운 영상을 제공할 수 있었습니다."

개발과 동시에 그래픽 보드 생산 업체에 공급해 테스트를 시행했다.

개발에 성공한 칩은 경쟁 업체인 도시바와 마이크론에서도 아직 개발 단계에 있는 칩이었다.

"이 제품도 제덱(JEDEC)에 그래픽 칩 표준 기술로 채택을 진행할 것입니까?"

국제반도체공학표준협의기구인 JEDEC(Joint Electron Device Engineering Council)은 미국전자공업협회(EIA)의 하부 조직으로, 제조 업체와 사용자 단체가 합동으로 집적회로(IC) 등 전자 장치의 통일 규격을 심의, 책정하는 기구이다.

여기에서 책정되는 규격이 국제 표준이 되므로 JEDEC는 사실상 이 분야의 국제표준화기구로 통한다.

국제 표준 기술로 책정되면 기술을 선점한 기업은 큰 폭의 이익을 가져올 수 있었다.

"예, DDR(Double Data Rate) 기술과 함께 그래픽 표준 칩으

로 내세울 것입니다. 16메가 DDR S(싱크로너스) 그래픽 램은 내년부터 1억 달러 이상 시장이 형성될 것입니다. 그리고 해마다 2~3배로 시장이 커질 것이 확실합니다."

현재 블루오션반도체는 DDR(Double Data Rate) 기술을 기반으로, D램을 차세대 고속 메모리로 개발 생산하고 있었다.

문제는 반도체 설계 업체인 램버스사에서 개발한 램버스 D램(RD램)을 인텔이 앞장서서 D램의 표준 기술로 삼으려 한다는 것이었다.

이는 인텔이 D램 시장 재진출을 모색하려는 움직임에서 나온 전략이었다.

여기에 인텔은 개발 중인 고속 CPU 판매 확산을 위해서는 이를 지원해 줄 수 있는 고속의 전송속도와 대용량의 D램이 필요하다고 판단했다.

블루오션반도체가 밀고 있는 DDR D램은 성능 면에서 RD램보다 전송속도와 대역폭 등 여러 가지 측면에서 뒤진다는 평가를 받고 있었다.

이 때문에 인텔은 램버스와 라이선스 계약을 맺고 2003년까지 DDR램을 지원하는 칩셋을 만들지 않기로 약속했다.

D램 시장 태동기에는 DDR D램, FPM D램, EDO D램, SD램, 램버스 D램 등 다양한 종류의 D램이 경쟁 구도를 이뤘다.

하지만 지금은 DDR D램과 RD램의 대결 구도로 바뀌었다.

"이대로 쭉 밀고 나가십시오. 제 느낌에는 조만간 JEDEC에서 우리의 손을 들어줄 것입니다. 램버스D램은 생산 단가가 너무 높은 제품입니다."

인텔이 적극 공세로 나오자 역사와 달리 JEDEC은 DDR D램에 대한 표준 기술을 선정하지 않고 있었다.

"맞는 말씀입니다. 장점이 많은 RD램이지만 전송속도를 빠르게 하다 보니, 발열 문제를 아직 해결하지 못한 측면이 있습니다. 더구나 RD램용 메인보드는 다른 D램들과는 전혀 호환되지 않습니다. 여기에 판매 단가가 높아 이를 수용할……"

램버스D램의 데이터 전송속도는 초당 500MB에 이른다. 이는 초당 20MB의 속도로 데이터를 전송하는 기존의 범용 16메가 D램보다 처리 속도가 월등하게 빠른 것이다.

특히 그래픽 전송에서 탁월한 성능을 갖고 있어 고도의 동화상 처리 속도를 실현하는 데 필수적인 기술로 평가되고 있었다.

인텔이 RD램을 적극적으로 미는 형국이 되자 NEC, 히타치, 인피니온, 마이크론 등 D램을 생산하는 업체들이 앞다투어 램버스D램 개발에 나섰고, 적극적인 투자를 단행하고 있었다.

일본 업체들은 그동안의 부진을 만회하기 위해서인지 RD램에 과도한 투자를 진행 중이었다.

하지만 블루오션반도체와 현대반도체는 호환성과 가격경쟁력을 갖추고 있는 DDR D램을 주력으로 밀면서 생산을 더욱 확대했다.

전문가들은 DDR D램과 RD램 두 진영의 승자 중 하나가 D램 시장을 선도할 것으로 예측했다.

*　　　　*　　　　*

"뭘 그렇게 생각하고 있어?"

압록강이 흘러가는 전경을 바라보는 나를 향해 가인이가 물었다.

압록강을 바라볼 수 있는 곳에 세워진 닉스신의주호텔은 아름다운 주변 풍경과 잘 어울리는 호텔이었다.

"앞으로의 계획을 머릿속에서 그려보고 있었어."

"정말이지 일을 놓지 못해. 아주 큰 병인 것 같아."

고개를 절레절레 흔드는 가인이의 손에는 두꺼운 경영서가 들려 있었다.

가인이는 시간이 날 때마다 경제와 경영에 관련된 책들을 탐독하고 있었다.

"너도 책을 놓지 않고 있잖아."

"일과 책은 다르지."

"일 때문에 책을 읽는 거 아니야. 일이 아니라면 다른 책을 읽어야지."

"난 경제 관련 책들이 좋아. 세상을 움직이는 흐름을 읽어 낼 수가 있거든."

"그래, 요즘은 어떤 흐름을 읽었는데?"

"인터넷과 IT 기업들이 성장하고 흐름을 주도한다는 것이지."

"이야! 제대로 보고 있는데."

"나도 경영학과를 전공한 사람이야. 그런데 닉스홀딩스는 인터넷 관련 기업을 육성하지 않는 거야?"

닉스홀딩스 산하 기업들은 전통적인 제조업 관련 기업들이 많았다.

물론 블루오션과 블루오션반도체가 핸드폰과 반도체를 생산하고 있었지만, 인터넷과 연관된 기업은 없었다.

"투자는 하고 있지만, 직접적인 회사 설립은 없을 거야."

닉스홀딩스는 소프트뱅크와 아마존에 투자하여 지분을 가지고 있었다.

이와는 별도로 소빈뱅크에서 닷컴 기업들의 주식에 투자하고 있었다.

"앞으로 인터넷이 많은 변화를 몰고 올 텐데."

"물론 큰 변화의 바람이 불어올 거야. 하지만 그 변화의 시점이 너무 빨랐다는 것이 문제가 되지."

"그게 무슨 말이야?"

가인이는 이해가 되지 않는다는 표정으로 물었다.

"미리 알면 재미가 없어. 지금처럼 세상의 흐름을 읽는 연습을 많이 해둬."

"뭐냐? 알려주지 않을 거야?"

"너무 쉽게 알아버리면 내 것이 되지 않잖아."

"그럼, 힌트라도 줘봐."

"음, 힌트라. 빨리 먹는 떡이 체한다. 그 정도면 될 것 같은데."

"빨리 먹는 떡이 체한다는 말이 뭐냐? 수수께끼 같은 말만 하고 그래."

가인이는 내 말을 이해하지 못했다.

그도 그럴 것이 인터넷을 통해서 세상의 패러다임을 바꾸게 될 변화가 꿈틀대고 있는 상황에서, 닷컴 버블에 대한 이야기는 먼 나라의 이야기로 취급될 수 있었다.

"인터넷을 통한 급격한 변화가 기회가 될 수도 있겠지만, 그 변화가 적절한 시기와 충분한 시간이 받쳐주지 못하면 오히려 독이 될 수도 있지. 나머지는 가인이 네가 생각해 봐."

"알겠어. 거대한 기업을 이끄시는 회장님께서 어렵게 말씀해 주셨는데."

"맞아. 오늘 해준 이야기는 아무에게도 말해주지 않은 이야기야."

"오케이. 열심히 공부해서 기대에 부응하겠습니다. 그리고 점심은 어떻게 할 거야?"

"오늘은 호텔에서 해결하지. 생각할 것도 있고 해서."

"그럼, 저는 30분 후에 다시 오겠습니다, 회장님."

가인이가 서재에서 나가자 다시금 유유히 흘러가는 압록강을 바라보았다.

'닷컴 버블! 이것을 통해 두 세력을 갈라놓아야겠지……'

이스트와 웨스트 세력의 힘을 더욱 축소하기 위한 새로운 계획이 차근차근 준비 중이었다.

Chapter 16

"제출하신 서류는 검토해 보았습니다. 저희 은행의 대출 조건에 충분히 부합한 것으로 판단됩니다."

소빈뱅크 서울 지점 대출 담당자의 말이었다.

"하하! 감사합니다."

나눔기술의 재무기획이사인 박성호의 입가에는 절로 웃음 꽃이 피어났다.

"하지만 저희 쪽에 제출하신 담보가 조금 부족해 보입니다. 독자적인 기술 점수에 미달되어 담보가 더 필요합니다."

IMF 관리 체제에서 무작정 대출을 해줄 수는 없었다.

기술력이 월등한 기업에는 담보를 최소한으로 해주었지만, 나눔기술이 갖춘 기술력은 선도적이지는 않았다.

나눔기술이 추진 중인 인터넷 폰 시장은 기술적 진입 장벽이 낮았다.

인터넷폰 서비스는 미국에만도 넷투폰, 폰프리, 핫콜러 등 10여 개 업체가 운영 중인 것으로 알려졌다.

더구나 나눔기술이 다이얼패드에 적용한 VoIP는 나눔기술의 독자적인 기술이 아니라 이미 공개된 국제 표준 기술이다.

"어떻게 하면 되겠습니까? 솔직히 추가 담보를 제공할 만한 여유가 없습니다."

나눔기술은 자금을 유통하기 위해서 이미 담보로 잡을 수 있는 건물과 토지를 다른 은행에 제공했다.

"음, 이걸 어쩌나."

박성호의 말에 대출 담당자는 난처한 표정을 지었다.

"다른 방법이 없겠습니까? 이번 자금만 융통되면 나눔기술은 코스닥에 상장할 수 있습니다. 서류에 나와 있는 것처럼 저희가 개발한 'HT1 스플릿'은 지금껏 누구도 진행하지 못했던 무료 서비스를 가능하게 할 기술입니다. 시장을 선도하는……."

나눔기술이 개발한 HT1 스플릿은 적은 수의 서버로 통화 트래픽을 분산시킬 수 있는 기술이다.

이 기술을 통해서 인터넷 전화의 무료 서비스를 과감하게 단행하여 시장을 선점해 가고 있었다.

인터넷전화의 무료화는 경영을 맡은 이중호가 결정했다.

"압니다. 그러한 점도 충분히 고려했고요. 그래서 하는 말인데, 대출보다는 저희 은행이 직접 투자하면 어떻겠습니까?"

"투자라면?"

"예, 저희가 투자한 만큼 나눔기술 지분을 인수하는 것입니다."

"소빈뱅크에서 투자도 진행하시는 것입니까?"

"예, 별도의 투자팀이 있습니다. 기술력이 있고 가능성이 보이는 벤처기업이나 중소기업에는 직접 투자도 진행합니다."

"이건 제가 바로 답을 하긴 어려울 것 같습니다. 회사 대표님과 의논을 해야 하는 일이라서요."

사실 나눔기술은 소빈뱅크에서의 대출과는 별도로 기업 투자 설명회를 통해서 투자 자금을 유치하려고 했지만, 생각했던 만큼의 자금을 확보하지 못했다.

"물론 상의를 하셔야겠지요."

"한데, 소빈뱅크에서는 얼마나 투자하실 생각이십니까?"

"저희는 35억 원 정도를 투자할 예정입니다."

박성호가 머릿속에서 그렸던 금액의 2배였다. 더구나 대출받으려는 금액보다 15억 원이 많았다.

'35억 원이면 상장까지 바로 갈 수 있어.'

"아! 그렇습니까. 지금 바로 회사로 돌아가서 논의한 후에 답변을 바로 드리겠습니다."

홍분감을 감추지 못한 박성호 이사는 빠른 발걸음으로 소빈뱅크를 나섰다.

*   *   *

양아체가 이끄는 천도맹(天道盟)과 대만 죽련방의 지부인 금성대(金星隊)가 무너졌다.

마카오의 밤이 혼돈 속으로 빠져드는 일이었다.

"혹시, 천녀(天女)가 나타났다는 소문을 들어보셨습니까?"

"그게 무슨 말입니까?"

수방을 이끄는 장진룽이 신의안의 천쿤훙에게 물었다.

"천도맹과 금성대가 천녀를 따르기로 했다고 합니다."

"천녀는 뭐고? 왜 천도맹과 금성대가 천녀라는 인물을 따른단 말입니까?"

장진룽은 의구심이 가득한 말로 되물었다.

"그건 나도 모르겠습니다. 천녀라 불린 인물에게는 총과 칼도 무용지물이라는 말을 들었습니다."

"하하하! 천 회장께서 영화를 너무 많이 보신 것 아닙니까?

총과 칼이 통하지 않는다면 불사신이라도 된단 말입니까?"

"글쎄요. 그건 저도 확인하지 못했습니다. 하지만 천도맹과 금성대의 핵심 인물들이 천녀에게 충성을 맹세했다는 것은 사실인 것 같습니다."

"저는 도대체가 무슨 말인지 모르겠습니다. 지금은 천녀가 중요한 게 아니라 암살자를 찾아 응징하는 것이 중요합니다. 제가 볼 때는 천도맹의 양아체도 암살자에게 당한 것이 확실합니다."

"하여간 마카오가 흔들리고 있습니다. 장 회장께서도 몸조심하십시오."

"알겠습니다. 천 회장께서도 이번 사태가 마무리될 때까지 각별히 조심하십시오."

마카오의 밤을 두고서 각축전을 벌이던 4명의 인물이 죽임을 당했다.

아직 누가 무슨 이유로 암살자를 마카오로 끌어들였는지 알 수 없었다.

"그럼, 저는 가보겠습니다."

천권홍이 자리에서 일어났다.

오늘의 만남은 천도맹과 금성대가 차지했던 지역의 관할 문제로 수방의 장진룡을 방문한 것이었다.

천쥔훙을 배웅하고 돌아온 장진룽은 아름다운 꽃들이 피어 있는 정원을 보며 차를 마셨다.

2백여 평에 달하는 넓은 정원에는 온갖 화초들과 기암괴석이 가득했다.

무척이나 아름다운 정원은 장진룽이 상당히 공을 들여서 만들었고, 그의 자랑이기도 했다.

정원의 주변으로는 십여 명의 인물들이 경비를 서고 있었다.

정원에는 경호원을 두지 않던 장진룽이었지만, 자신과 견주어도 손색이 없던 인물들이 암살되자 경호를 강화한 것이다.

"음, 쉽게 풀릴 것 같지 않아. 마카오가 격랑 속으로 빠져들어가는 것인가?"

경쟁 상대였던 조직의 두목들이 살해되는 상황을 마냥 기뻐할 수 없는 장진룽이었다.

그 흉수의 정체가 파악되지 않는 상황에서는 자신도 위험하기 때문이다.

"저희에게는 좋은 기회가 될 수 있습니다."

장진룽의 말에 경호 책임자인 왕이가 답했다.

"우리가 만들어낸 결과물이라면 기회라고 말해도 좋은 일이지. 하지만 지금의 판도를 끌어낸 것은……."

장진룽이 말이 끝마치지 못하고 벌떡 자리에서 일어났다.

4m나 되는 높은 담 위에 낯선 인물이 서 있었기 때문이다.

"누구냐?"

장진룽에 옆에 있던 왕이가 소리치며 앞으로 달려 나갔다.

그의 말에 주변에 있던 경호원들도 권총을 빼 들고는 낯선 인물이 서 있는 담벼락 앞으로 향했다.

그 순간 담 위에 서 있던 인물이 가볍게 담 아래로 떨어져 내렸다.

"꼼짝하지 마!"

왕이와 경호원들은 떨어진 내린 인물에게 당장에라도 총을 발사할 것처럼 소리쳤다.

"후후! 여자 하나를 두고서 이런 호들갑을 떨다니. 이래서야 마카오 제일의 조직이라 할 수 있겠나?"

자신에게 권총을 겨누고 있는 사내들을 바라보며 말하는 인물은 다름 아닌 송예인이었다.

쉽게 볼 수 없는 아름다운 미모를 가진 여인은 누구에게 해를 입힐 것 같은 모습이 아니었다.

"넌 누구냐?"

뒤에 있던 장진룽이 송예인의 말을 듣고 소리쳤다.

"하늘에서 온 내가 친히 너를 보고자 왔느니라."

"하늘에서 왔다고? 혹시 네가 천녀라고 불리는 인물이냐?"

장진룽은 송예인의 말에 천쥔홍이 자신에게 말했던 천녀가 떠올랐다.

"네가 말한 인물이 바로 나다."

"하하하! 천췬훙이 한 말이 단순히 농담인 줄 알았는데. 이렇게 내 앞에 당사자가 나타날 줄이야."

크게 웃음을 토해내는 장진룽은 천천히 송예인이 있는 쪽으로 걸어왔다.

그의 얼굴에는 천녀에 대한 호기심이 가득했다.

"나를 따르면 마카오를 너에게 주겠다. 하지만 날 거부한다면 네 수명은 오늘로서 끝이니라."

"지금 나에게 너를 따르라고 말한 것이냐? 으하하하!"

장진룽이 송예인의 말이 어처구니없다는 듯 큰 소리로 웃으며 말하자, 주변에 있던 경호원들도 따라 웃었다.

그 때문인지 송예인에게 총을 겨누었던 경호원들의 경계가 느슨해졌다.

"기회는 단 한 번뿐이니라."

웃음소리에 상관없이 송예인은 다시금 장진룽을 향해 말했다.

"상대할 가치도 없는 미친년입니다. 얼굴이 반반하니, 사우나에 넘기면 큰 인기를 끌 것 같습니다."

마카오는 특유의 성매매 운영 형태로 '마카오 사우나'가 있어, 이곳에서 매매춘이 이루어진다.

이곳에서는 마사지와 사우나, 식사, 휴식까지 모든 서비스가 가능했다.

'설마, 이년이 양아체를 죽이지는 않았겠지⋯⋯.'

"후후! 그것도 나쁘지 않은 생각이군. 네년의 말을 들어준 대가로 생각하거라. 이년을 금룡사우나에 넘겨라."

장진룽은 깊이 생각하지 않았다.

금룡사우나는 장진룽이 운영하는 업소로 마카오에서 손꼽히는 사우나였다. 금룡사우나에서는 동남아를 비롯한 세계 각 지역에서 온 백여 명의 여자들이 남자들을 상대하고 있었다.

장진룽의 말이 떨어지자 왕이가 음흉한 얼굴로 송예인에게 다가갔다.

주변 경호원들도 송예인을 미친년으로 단정하는 모습이었다. 그 때문인지 경계심이 풀어진 경호원들은 꺼내 들었던 총을 권총집에 다시 넣었다.

경호 책임자인 왕이가 송예인을 잡기 위해 손을 뻗었다.

"크아아악!"

장진룽이 뒤돌아서서 걸어가는 순간, 지금껏 들어보지 못한 처절한 비명 소리가 뒤에서 들려왔다.

*　　　　*　　　　*

신의주특별행정구를 마주 보고 있는 중국의 단둥시를 방문했다.

단둥시는 작년과 비교해 크게 달라진 모습이 아니었다.

신의주특별행정구와 신의주시가 놀라울 정도로 변화하는 것과는 사뭇 다른 모습이었다.

고층 건물들이 들어서는 신의주시와는 별개로 단둥시는 10층 이하의 건물들 위주로 세워졌다.

그나마 작년과 달라진 것이라면 도로에 차들이 늘어난 점이었다.

"신의주시와는 완전 다른 모습이네."

단둥은 한국의 70년대 말 모습을 연상시켰다.

"투자가 없으면 발전과 변화를 이룰 수가 없지."

"그래도 사람들은 활기차 보이는데."

"신의주특별행정구에서 생산되는 물건들이 단둥을 시발점으로 삼아 중국 전역에 퍼지고 있으니까. 이전보다 훨씬 질 좋은 제품들을 접하게 되었거든."

"특별행정구에서 생산되는 물건들이 대부분 중국에 팔리는 거야?"

"80% 이상 중국으로 팔려 나가고 있지. 나머지는 한국과 북한에 공급되고."

"신의주특별행정구 때문인지 국내 기업들과 달리 닉스홀딩스는 중국 내 사업체에 대한 투자가 적은 것 같아."

"맞아. 전략적으로 중국 내 투자는 최소로 하고 있지. 그나마 블루오션상하이와 도시락마트에 대한 투자가 이루어지고 있으니까."

블루오션의 중국 현지 사업체인 블루오션상하이는 가파른 성장세를 이어가고 있었다.

주로 관공서와 국영기업체에 전화기를 공급하던 블루오션상하이는 작년부터 일반인을 대상으로 하는 판매를 늘렸다.

세련된 디자인과 검증된 품질을 바탕으로 중국인들에게 큰 인기를 끌고 있었다.

현지 실정에 맞춘 가격 또한 시장점유율을 높이는 데 일조했다.

닉스마트도 동북3성의 주요 도시마다 지점을 개점해 중국인들의 사랑을 받고 있었다.

신선한 식료품과 값싸고 품질이 뛰어난 공산품을 접한 중국인들은 중국산 제품을 점차 멀리하게 되었다.

"정말이지 닉스홀딩스의 행보는 중국에서 기회를 찾으려는 국내외 기업들과는 전혀 다른 모습이야."

"신의주특별행정구가 없었다면 우리도 중국에 대한 투자를 진행할 수밖에 없었을 거야."

신의주특별행정구는 신의 한 수였다.

닉스홀딩스에게도, 북한에도 큰 기회와 성장의 장을 열어 준 곳이 되었기 때문이다.

향후 20년간 신의주특별행정구에서 생산된 제품들은 무관세로 중국에 수출할 수 있었고, 협상에 따라 5년을 추가 연장할 수 있었다.

"닉스경제연구소에서 올라온 보고서를 보니까 동북3성의 투자가 작년보다 줄어들었다는데, 그게 다 신의주특별행정구 때문인 거야?"

"틀린 말은 아니야. 신의주특별행정구의 등장으로 인해 공산품과 생필품의 생산을 담당하던 동북3성 내 공장들이 경쟁력을 상실해 문을 닫고 있으니까. 값싸고 질 좋은 제품들을 써본 중국인들이 자국에서 생산된 제품을 찾지 않게 되는 건 어쩔 수 없는 일이야. 생산이 축소되고 경쟁력이 상실되면 자연스럽게 투자도 줄어들게 되어 있지."

동북3성의 발전을 늦추고 신의주 경제권 아래에 종속되게 하는 것이 신의주특별행정구가 추구하는 최종적인 목표였다.

"국내 기업들의 투자도 줄어든 것 같아."

"어려운 경제 여건으로 선별적인 투자를 진행할 수밖에 없는 상황에서는 동북3성보다는 베이징, 톈진, 상하이를 비롯한 동부 연안 지역의 조건이 더 나으니까."

내 말에 가인이는 고개를 끄떡였다.

IMF 관리 체제 아래서 투자 여력을 상실한 국내 기업들은 확실한 투자처에만 투자할 수밖에 없는 상황이었다.

현재 중국 내 투자는 경제 위기로 한국이 주춤하는 사이 대만을 비롯한 화교권 기업과 일본, 그리고 유럽 기업들이 주도하고 있었다.

"우리 회장님께서는 러시아에 이어서 중국까지 좌지우지하려는 것 같아."

"무척 힘든 일이겠지만, 우리가 목표로 삼은 것을 얻으려면 노력은 해봐야겠지."

중국은 러시아와는 상황이 달랐다.

혼란이 가득했던 러시아와는 달리 중국은 공산당 일당독재 체제가 굳건하게 버티고 있기 때문이다.

러시아처럼 중국이 정치적으로 혼란스러웠다면 계획했던 것보다 더 빠르게 닉스홀딩스가 자리를 잡을 수도 있었을 것이다.

차가 멈춰 선 곳은 단둥에 새롭게 들어선 도시락마트였다.

조중우의교가 놓인 전성구와 위안바오구에도 도시락마트가 개점해 영업 중이다.

단둥시에 작년에 이어 올해 단둥 2호점이 개설된 것이다. 신의주특별정구와 단둥시는 새롭게 건설된 신의주대교와 이어져 있었다.

도시락마트 단둥 2호점은 1호점보다 2.5배나 더 큰 규모를 자랑했다.

넓은 주차장과 편의 시설까지 갖춘 도시락마트에는 한국에서 들여온 가전제품들도 함께 판매하고 있었다.

"이쪽입니다, 회장님."

차에서 내린 나를 안내하는 인물은 도시락마트 대표인 손태웅과 중국 지사장인 신대성이었다.

"주차장 시설이 생각했던 것보다 넓네요."

"예, 과도하게 넓다는 이야기가 나오지만, 향후 도시락마트 확장과 부지 확보 차원까지 고려했습니다."

"잘하셨습니다. 중국도 향후 자동차 산업이 발달하면 개인들도 차를 한국처럼 소유하게 될 것입니다."

중국은 현재 베이징, 톈진, 상하이 등 대도시에서 개인 소유의 승용차들이 빠르게 늘어나고 있었다.

앞으로는 적잖은 사람들이 차를 가지고 마트를 방문할 것이다.

"예, 단둥시도 작년보다 20% 정도 차들이 늘어났습니다."

단둥시도 한국과 일본에서 수입한 중고차 위주로 차량이 많아졌다.

"상품 구성들은 어떻습니까?"

"식료품 위주에서 패션 상품과 가전제품들까지 제품들을 확대했습니다. 현지 백화점보다도 훨씬 다양한 제품 구성 비율입니다. 패션 쪽은 닉스에서 생산되는 품목들을 중점으로 삼아 신의주특별행정구에서 만들어지는 여성복과 아동복, 그리고 현지에서 인기를 끄는 소비성 제품군으로 꾸며져 있습니다."

점차 중국인들의 소비 욕구가 높아지고 있었다.

"매장을 한번 둘러보도록 하지요."

"이쪽으로 가시면 됩니다."

매장 입구에는 길게 늘어선 카트들이 가지런히 놓여 있었다.

그 뒤로는 도시락마트의 개점을 기다리는 중국인들이 길게 줄을 선 모습이 눈에 들어왔다.

*　　　　*　　　　*

장진룽이 뒤를 돌아보자 어떻게 된 일인지 왕이의 두 팔이 뒤쪽으로 180도 꺾여 있었다.

"아아악!"

멈추지 않은 왕이의 비명에 옆에 있던 경호원이 송예인에게 주먹을 휘둘렀다.

간결하면서도 힘 있는 동작이었지만 경호원 또한 비명의 주인공이 되었다.

우두둑!

"으아악!"

경호원이 휘두른 주먹은 송예인의 손바닥에 막히자마자 뼈마디가 바스러진 것이다.

"어떻게……."

연약해 보이는 여자의 손이 운동으로 단련된 남자의 주먹을 두부처럼 뭉개 버린 모습에 장진룽은 말이 나오지 않았다.

"저년을 죽여라!"

경호원 하나가 소리를 지르자 경호원들은 권총을 꺼내기 위한 동작을 취했다.

그때 송예인이 움직였다.

단 한 걸음에 제일 먼저 권총을 뽑아 든 경호원에게 접근해 그의 손목을 잡자마자 또다시 비명이 메아리쳤다.

"아아악!"

힘없이 덜렁거리는 손을 뒤로한 채 송예인은 다른 먹잇감으로 향했다.

그 움직임이 빠르고 괴이해, 경호원들은 총을 겨누어보지도 못한 채 고통스러운 비명에 동참할 뿐이었다.

왕이의 비명 소리가 들려온 지 10초가 지날 무렵에는 모든 경호원들 또한 바닥에 뒹굴며 비명을 내질렀다.

"어떻게 이런 일이⋯⋯."

주춤주춤 뒤로 물러나는 장진룽의 손은 덜덜 떨리고 있었다. 평생 싸움판에서 산전수전을 다 겪은 장진룽이었지만 지금 같은 모습은 본 적이 없었다.

털썩!

"따― 르겠습니다."

송예인이 다가오자 공포감으로 인해 두 다리에 힘이 빠진 장진룽은 바닥에 주저앉으며 말했다.

"기회는 늘 있는 것이 아니니라."

아름다운 송예인의 얼굴에는 온화한 미소가 서려 있었지만, 오히려 그러한 모습이 더 두려움을 불러일으켰다.

"시⋯ 키는 대로 다 하겠습니다. 살려주십시오."

"삶과 죽음은 백지장처럼 아주 작은 차이에서 결정되는 것이다. 넌 오늘 죽음을 선택했을 뿐이니라."

"아니야, 난 죽을 수 없어. 돈을 줄게. 네가 원하는 만큼 줄 수 있어. 제발 살려줘."

공포에 질린 채 뒤로 기듯이 물러나는 장진룽은 송예인에게 목숨을 구걸했다.

마카오 제일의 조직으로 올라설 기회를 맞이한 지금, 죽는다는 것은 말도 안 되는 일이었다.

"호호호! 너의 조직과 돈은 이제 내 것이 될 터인데. 나에게 줄 돈을 어디서 마련하려는 것이야?"

"숨겨놓은 모든 것을……. 어서 죽여!"

목숨을 구걸하던 장진룽의 표정이 갑자기 변하며 소리를 질렀다.

고통에 비명을 내지르던 경호원 중 하나가 바닥에 떨어진 권총을 집어 드는 것을 본 것이다.

그때.

휙!

바람을 가르는 소리와 함께 송예인의 손에서 작은 물체가 떠났다.

퍽!

가죽이 터져 나가는 소리와 함께 권총을 겨누려던 사내의 가슴이 붉게 변하며 그대로 뒤로 넘어갔다.

쿵!

"이런 말도 안 되는 일이……."

뒤쪽을 볼 수 없는 상황에서 일어난 일이었다.

"네 눈이 나에게 모든 걸 보여주지 않았느냐."

송예인은 장진룡의 눈동자에 비친 모습을 본 것이다.

그녀의 말은 거기까지였다.

우두두둑!

송예인은 장진룡의 머리를 잡자마자 병마개를 따듯이 천천히 그의 머리를 뒤로 돌려 버렸다.

"크아아악!"

뼈가 뒤틀리면서 부러져 나가는 공포스러운 소리와 함께 장진룡의 처절한 비명이 정원에 메아리쳤다.

뒤쪽에 이 광경을 지켜보던 경호원들 모두가 공포에 얼어붙은 채 움직이지 못했다.

*　　　　　*　　　　　*

영국에서 유학 중인 민주한국당 전 당 대표인 한종태가 방학을 맞이해 일시 귀국했다.

그의 이러한 행보에 일부 신문들에는 한종태의 정치 복귀가 임박했다는 기사가 실리기도 했다.

한종태가 귀국할 때, 그가 정치학을 배우고 있는 옥스퍼드 대학교의 이안 교수가 동행했다.

영국 정치권에 영향력이 적잖은 이안 교수의 방문은 민주한국당과 주선일보가 주최하는 정치 세미나에 참석하기 위한 목적도 있었다.

"하하하! 오랜만입니다. 공부는 잘되고 계십니까?"

반갑게 한종태를 맞이하는 이대수 회장의 표정이 밝았다.

한종태가 한국에 귀국하며, 기업인 중에서는 이대수에게 제일 먼저 연락을 취한 것이다.

"이 회장님 덕분에 편히 공부하고 있습니다."

이대수는 영국에 머무는 한종태에게 5억 원을 생활비로 건네주었다.

"하하하! 많이 공부하셔서서 이 나라를 바르게 세우셔야죠."

"시간이 조금 걸리더라도 이 나라를 옳은 길로 인도해야지요. 요새 많이 힘드시지요?"

"힘들지 않다고 하면 거짓말이 되겠지요. 함께 동고동락했던 동지들이 하나둘 쓰러져 버린 것도 어려움이 커진 일이었습니다."

아쉬운 표정으로 말하는 이대수 회장이었다.

그도 그럴 것이 이대수 회장은 미르재단에 속한 기업의 회장들과 자주 어울렸다.

하지만 한라그룹을 필두로 해서 대용, 대명, 진로 등 상당수의 그룹이 부도로 쓰러지거나 해체되고 있었다.

미르재단에 속했던 재벌 기업 열 곳이 이미 쓰러졌다.

"제가 큰 도움을 주지 못하고 떠난 것이 늘 마음에 걸렸었습니다."

"아닙니다. 앞으로 도움을 주실 것 아닙니까. 전 그때를 기다리고 있겠습니다."

이대수 회장 또한 대선 후보에서 사퇴하고 영국으로 갑작스럽게 떠난 한종태를 원망했다.

그러나 지금은 한종태밖에 기댈 곳이 없다는 것을 누구보다 잘 알고 있었다.

"하하! 정말 고마운 말씀입니다. 제가 영국에 가 있었지만 대산그룹의 어려움은 인지하고 있었습니다. 그래서 말씀인데, 제가 영국에서 한 투자자를 알게 되었습니다."

"투자자를요?"

"예, 그 투자자가 한국 기업에 투자를 하고 싶어 해서 제가 대산그룹을 소개했습니다."

'누굴 만났길래 투자를 한다는 거지.'

이대수 회장은 한종태의 말에 의구심이 들었다.

현재 한국 기업은 투자를 받고 싶어도 받을 수 없는 현실에 놓여 있었다.

투자가 이루어져도 고금리의 이자가 동반된 자금이라 기업 부담이 컸다.

당장 부도를 막기 위한 투자가 아니라면 이자 비용 때문에 기업을 운영하기 힘들 정도의 고금리였다.

"어느 정도의 투자를 말씀하시는지요."

"제가 들은 바로는 최소 30억 달러에서 많게는 50억 달러라고 했습니다."

"예? 30억 달러가 넘는다고요?"

한종태의 말에 이대수 회장은 매우 놀란 표정으로 반문했다. 한종태가 말한 최소 금액은 4조 원이 넘어가는 엄청난 금액이었다.

『변혁 1998』 2권에 계속…